集英社オレンジ文庫

京都岡崎、月白さんとこ

迷子の子猫と雪月花

相川　真

本書は書き下ろしです。

目次

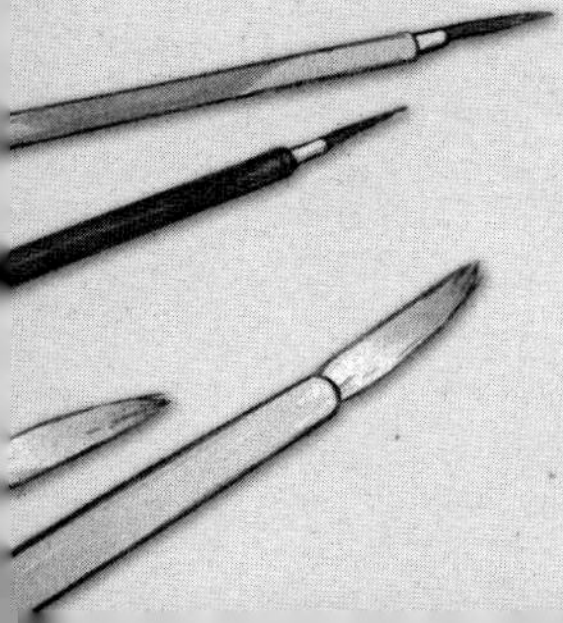

京都岡崎、
月白さんとこ
迷子の子猫と雪月花

一　月雪花を探す

1

京都《きょうと》、東山《ひがしやま》のふもとに、岡崎《おかざき》という場所がある。

巨大な朱色の鳥居の向こうには、平安神宮《へいあんじんぐう》が。そのそばには図書館や美術館が立ち並び、緩《ゆる》やかな琵琶湖疏水《びわこそすい》の流れに沿うように、南禅寺《なんぜんじ》や無鄰菴《むりんあん》といった名所が続く。京都の歴史と文化を、余すところなく押し込めたような一郭《いっかく》だった。

吐く息も白く立ち上る、十二月末の早朝。七尾茜《ななおあかね》は、離れの引き戸を開けてふるりと身震いした。母屋《おもや》まではたいした距離もないからと、部屋着であるパーカーのまま出てきてしまったことをすでに後悔している。

「茜ちゃん、雪だ！」

妹のすみれが、茜の足元をくぐり抜けるように庭へ駆け出した。

見上げた空は薄くけぶる白、そこからはらはらと雪片《せっぺん》が舞い降りている。時折冬の風に吹かれてぶわりとうねっては、庭のあちこちを真っ白に染めていた。

茜はあわてて、今にも走っていってしまいそうな妹の手をつかんだ。起きたばかりだというのに、すみれの手はほこほことあたたかい。

「茜ちゃんの手、冷たいよ！」

きゃあきゃあと笑いながら、すみれの手がきゅう、と自分の手を握り返したのを、茜は確かに感じていた。

茜とすみれは、二人きりの血の繋《つな》がった家族だ。

二人は数年前まで、東京の高円寺《こうえんじ》に父と母の四人で住んでいた。母が亡くなったのをきっかけに、父と三人で京都へ移り住んだ。京都は父の故郷だった。

北野天満宮《きたのてんまんぐう》の近くに上七軒《かみひちけん》という場所がある。京都有数の花街《かがい》であるそこに、父は喫茶店を開いた。それから二年と少し、三人の穏やかな生活は続いた。

茜が高校一年生、すみれが小学一年生になった今年の春。桜の花びらが吹き散らされるような強い雨の日に、父は二人を置いて死んだ。

たった二人になった姉妹を引き取ったのは、御所南《ごしょみなみ》にある叔父《おじ》の家だった。『笹庵《ささあん》』と呼ばれる、厳格さと静寂《せいじゃく》が支配するその家で、二人は息をひそめるように灰色の半年を過ごした。

秋口に遠い親戚の久我青藍《くがせいらん》という人が、二人を引き取ってくれることになった。そして月の美しい十月のある日、茜とすみれは岡崎に越してきたのだ。

木々が茂り、季節を彩《いろど》る草花に埋もれた広大な庭を持つ——この月白邸《つきしろてい》に。

茜とすみれは、月白邸の一角にある離れを二人の家として借りていた。

離れとはいうものの、八畳と十畳ほどの部屋に、小さな台所と水場まで設《しつら》えられている、立派な平屋の一軒家だ。

母屋まではずっと石畳が敷かれている。そこに覆《おお》い被《かぶ》さるように生える、椿《つばき》の茂みを避けて歩くと、膝《ひざ》がかすめたのだろう。ほろりと紅色の椿が石畳へ転がった。

月白邸の庭は、四季折々いつでも季節の草花が楽しめる。美しく整えられているというよりは、自然のまま自由に伸び放題といった方が近いのかもしれない。

見上げた先には、山茶花《さざんか》が白い花をつけている。艶《つや》のある緑色の葉も、衣替《ころもが》えをしたように雪を纏《まと》っていた。

外界から切り離されたような静かで美しい光景に、茜はほう、と息をついた。

「贅沢《ぜいたく》だなあ……」

身にあまる、と茜はいつもそう思う。

秋まではすみれとたった二人きりだと思っていたのに。この彩りあるあたたかな暮らしがどこか身に過ぎるように思えて、茜は未《いま》だ慣れないでいる。

月白邸の母屋は、瓦《かわら》屋根が連なる広い日本家屋だ。二階建ての邸《やしき》のあちこちから、塀《へい》の中を歩くような屋根付きの細い渡り廊下がいくつも伸びている。敷地中無秩序に建て増ししたような、奇妙な構造だった。

玄関から上がって、暖簾《のれん》をくぐった先のリビングはまだ暗いままだった。すみれが電気をつけに走る間に、茜はエアコンにヒーターと、部屋中の暖房をつけて回る。月白邸の家主は寒がりなのだ。

窓とさらに雨戸を開けると、濡れ縁の向こうに雪の舞う庭が視界いっぱいに広がった。葉の落ちた木々の隙間《すきま》から、雪と共に山茶花の花びらが舞い上がる。その下には椿の紅色が鮮やかに映《は》えていた。

「茜ちゃん、すみれ、青藍のところ行ってくるね！」

すみれが廊下を走っていく音が聞こえた。

久我青藍はこの月白邸の家主だ。二十六歳の青年で、とにかく朝に弱い。その青藍を起こしに行くのがすみれの大事な仕事なのだ。茜は窓を閉めながらあわてて声をかけた。

「すみれ！　廊下は走らないの」

「はーい」

返事だけは良く、ただし足音は速いリズムのままで遠ざかっていく。茜は対面キッチンで、薬缶《やかん》に水を入れながら、もう、と小さくつぶやいた。

自分の顔がほっとほころんでいるのがわかる。

父が亡くなってしばらく、すみれはじっと塞《ふさ》ぎ込んでいた。月白邸に来てやっと本来の、屈託のない明るさを取り戻しつつある。

薬缶で湯を沸かしてコーヒーの準備をする。それから冷蔵庫を開けて、何か朝食に使えそうなものを探した。

上七軒の父の喫茶店では、学校が休みの日だけ茜が軽食を担当していた。喫茶店を経営しているくせに料理が苦手だった父の代わりだ。

父の淹《い》れるコーヒーの香りのそばで、小さなキッチンに立つのは茜にとって大好きな時間で、あの春もう二度と戻らないと思った幸せは今、岡崎のゆっくりとした時間の流れの中で再び茜の手の中にある。

冷蔵庫から卵を四つと牛乳を取り出す。近所のベーカリーで一斤《いっきん》まるごと買っているパンを、四枚分厚切りにした。ふわりと香ばしい匂いが広がる。

それにつられたように、暖簾が揺れた。

「――おはよう」

暖簾をまくり上げた青年が、にこりと笑っていた。

とろけるような金色の髪に、煮出した紅茶のような甘やかな瞳、すっと通った鼻筋と薄い唇、整った顔立ちの青年だった。この人がふ、と微笑むだけで、太陽の光が差し込んだように明るくなる。

「おはようございます、陽時《はるとき》さん。コーヒーでいいですか？」

答えが返ってくる前に、茜は棚からあらかじめ挽《ひ》いてあった豆を取り出した。陽時の好みが、朝は紅茶よりコーヒーだと知っているからだ。

紀伊《きい》陽時は、月白邸に入《い》り浸《びた》っている青年だ。家主である久我青藍と同じ二十六歳で、月の半分はこの邸に泊まり込んでいる。

細身のデニムに、引き締まった細い体を隠すような、緩いシルエットのニットを合わせている。ざっくりと首筋の開いたそこに、金糸《きんし》のような髪がさらりとかすめるのが目に毒で、茜は思わず視線を逸《そ》らした。

「ありがとう、茜ちゃん」

陽時の甘い声を聞きながら、茜はペーパーフィルターに三人分の粉を入れた。

湯が沸くまでの間に、厚切りにしたパンをトースターに放り込んでおく。卵を四つ分割って少しの牛乳と、出汁《だし》を入れて混ぜた。甘い卵焼きが苦手な家主に合わせて、味つけは塩をふたつまみだけだ。

昨日の残りのスープを火にかけて、すみれ用のヨーグルトとジャムを用意したところで、薬缶の湯がふつふつと音を立て始めた。

コーヒーを淹れている間に、陽時がカトラリーをテーブルに並べてくれていた。ふわ、と大きなあくびをこぼす。

「昨日、遅かったんですか?」

昨夜、茜とすみれが夕食と風呂を終えて離れに戻る頃には、まだ陽時はいなかった。いつも通り夜中に帰ってきたのだろう。

陽時がすっと視線を逸らしたものだから、あぁ、と茜は肩をすくめた。

「……いいんですか、うち来ちゃって?」

その後に「女の子をほうっておいて」と続く。もちろん口には出さなかったけれど。

茜の視線が呆《あき》れているのがわかったのだろう。陽時の目がわずかに泳いだ。

「おれは茜ちゃんの朝ご飯が好きだから」

結局答えになっていないそれではぐらかして、陽時は緩く笑ってみせた。甘い目尻がさらに艶をましている。

陽時の——あまり健全ではない「お友だち関係」に、茜はあまり触れないようにしている。陽時なりに、きちんとした線引きがあると知っているからだ。

陽時はそこに茜も、もちろんすみれも踏み込ませようとしない。甘やかな笑顔を盾にして、いつも自分の腹の底を隠してしまう。

けれどそれが少しもどかしいと思うのは、茜がこの関係を欲張っている証拠だろうか。陽時と青藍と、少しずつ家族として小さな絆《きずな》を作ってきた。だからといって、そのすべてに踏み込めるわけでもない。

茜は陽時に悟られないように、小さくため息をついた。この穏やかで少し切ない家族関係の葛藤《かっとう》の中に、いつも茜はいる。

いつの間にか雪がやんで、雲の切れ目からこぼれた朝日が、リビングに差し込んできた。コーヒーの香りがそれに馴染《なじ》み始めた頃。

すみれが家主である青藍の手を引いて、意気揚々《ようよう》と戻ってきた。

その頃にはテーブルに、バターをたっぷり塗った厚切りの食パンと、刻んだ野菜をとろとろに煮込んだトマトスープ、出汁の風味が豊かに香るオムレツがそろっている。

そこに蜂蜜の小さな瓶を添えた茜は、すみれの手に引かれてやってきた彼に、声をかけた。

「――おはようございます、青藍さん」

ずるり、と毛布を引きずってリビングに顔を出したのは、久我青藍だ。

茜が見上げるほど背が高く、うっすらと開いた目は鋭く、毛並みのいいしなやかな獣を彷彿《ほうふつ》とさせる。

毛布の隙間からは、青藍が寝間着に使っている藍《あい》色の着物がのぞいていた。

「……おはよう」

消え入りそうな声でそう言って、青藍は崩れ落ちるように椅子に座った。柔らかな京言葉のイントネーションだ。青藍がうつらうつらテーブルに突っ伏す前に、すかさず濃いめに淹れたコーヒーを差し出した。

すみれが、後ろで一つにくくってやった髪をひょこひょこと揺らしながら、青藍の隣、自分の椅子に飛び乗った。

「すみれ、青藍を起こしてきたよ。すみれの仕事だもんね」

ふふん、と胸を張るすみれに、陽時が相好《そうごう》を崩した。

「えらいえらい。こいつを起こせるのはすみれちゃんぐらいだよ」

これが大げさでなく本当なのだ。朝に弱く寝起きが最悪の青藍を、布団から引きずり出せるのは今のところすみれしかいない。青藍がじろりと陽時を睨《にら》み付けた。

「何がえらいもんか。この寒いのに布団を引っぺがしていくんやぞ」

怖いものなしの小学一年生は、寝起きの獣にも容赦がない。

「青藍が起きないからだよ。すみれは最初にちゃんと、起きてって言ったもん」

「……ぼくもあと五分と言った」

ふてくされたようにコーヒーをすする青藍は、言い訳も仕草も子どもじみて見えて、茜はおかしくなって、ふふと笑った。

「昨日も遅くまでやってたんですか？」

茜がコーヒーを手に席につく。ちらりと青藍が視線を庭にやったのがわかった。

「夜中に雪が、降り始めたから」

外はもうすっかり晴れている。うっすら積もっていた庭の雪は、あっという間に解けてしまった。

青藍のまなじりが、残念そうに下がったのが茜にはわかった。

「夜は月が出てた。空は晴れてるのにはらはら雪が舞ってて、それで不思議なもんやと思って——……筆を持って庭に下りて」

ぽつ、ぽつと続く言葉の途中で、青藍の瞳がぐっと色を深めた。

「まん丸にはまだ少し早い月が昇ってて、白いはずの雪も山茶花もほの青う見えるんが、きれいやった」

わずかに細くなった青藍の目は、昨日この庭に広がっていたであろう、美しい光景を眺めている。

久我青藍は絵師だ。

弱冠《じやっかん》二十六歳で天才の名をほしいままにしている。その美しい作品の数々に、依頼はひきもきらない。だが変人で人嫌いとの噂《うわさ》通り、青藍はほとんどの日々をこの月白邸に引きこもって過ごしていた。

受ける依頼には青藍なりのこだわりがあるようで、気にいらないと依頼人の話の途中でも平気で追い返してしまう。悲しいことに茜も、この半年で依頼人を謝りながら見送るのにずいぶん慣れてしまった。

どうして追い出したのかと問うと、平然とした、けれど瞳の奥に獣のような鋭い光をたたえて笑うのだ。

——面白うあらへんから。

彼の瞳を好奇心で輝かせることができたものだけが、この天才絵師の腕を借りることができるのだ。

青藍の語る月白の雪景色に聞き入っていた茜は、やがてはっと我に返った。

「まさか青藍さん、いくらきれいだからってそれを夜通し眺めてたんですか?」

青藍の指先には墨の痕《あと》が見える。あれは明け方まで墨や絵具を触っていたのだろう。青藍がふい、と視線を逸らした。

「違う。描き上がった頃にすっかり夜が明けてただけで、ぼくのせいやない」

「どういう言い訳ですか、それ」

茜が呆れたように言った。陽時がじっと青藍を見やる。

「風邪ひいても、すみれちゃんと茜ちゃんにうつすなよ。あとおれにも」

青藍と長い付き合いの陽時は、この天才絵師の奇行に慣れている。迷惑そうに眉をひそめて、オムレツにかぶりついていた。美味《うま》そうに頬張った後、小さく嘆息する。

「まあ、朝出てくるようになっただけましだけどさ」

青藍はこれまで昼夜逆転、かつ酒に溺れるという壊れた生活を送っていた。茜とすみれが、朝食の席に引っ張り出せるようになった時、陽時にはずいぶん感心されたのだ。

「寝てても良かったんですよ」

茜は心配そうに眉を寄せた。青藍はその壊れた生活が原因で偏頭痛持ちだ。寝不足も原因になると聞いたことがある。

不機嫌そうな顔でスープに口をつけた青藍は、視線を明後日《あさって》の方に投げた。

「茜の朝ご飯、逃すんはもったいない」

ぐ、と茜は息を詰めた。じわじわと頬が赤くなっていくのを感じる。この言い方はずるい。こういう時、自分もこの月白邸の家族の一員なのだと。そんな風に思うことができるのだ。

茜は照れて赤くなった頬をごまかすように、冷めたマグカップに口をつけた。

——本日は大掃除を敢行する。

そう言った茜とすみれに、食後にソファでくつろいでいた陽時と青藍が目を丸くした。

「大掃除？」

青藍が胡乱《うろん》げに顔を上げる。茜はうなずいた。

「これから年末年始の買い出しとか、準備もありますから。お掃除は早めにやっておこうと思って」

年明けまではあと数日、学校は冬休みとはいえ、ゆっくりしていられる時間はさほどない。

青藍が面倒そうに眉を寄せた。

「人を呼んだらええやろ。陽時」

うなずいた陽時が、ポケットからスマートフォンを引っ張り出した。

「いつも頼んでるハウスクリーニング、お願いしとくからさ」

茜とすみれが来る前は、食事の用意も掃除も陽時が人に頼んでいたという。洗濯が全部クリーニングだと言われた時の衝撃を、茜は今でも忘れられなかった。

「離れの掃除はいつ入ってもらう？　年明けでもいいからさ、都合がいい時で――」

てきぱきとどこかに連絡しようとしている陽時を、茜はあわてて押しとどめた。

「えっと、離れはもう終わってるんです」

冬休みの初日に、茜とすみれの二人で終わらせてしまったのだ。

「母屋も、全部は無理なんですが……せめてリビングとキッチンの、いつも使わせてもらってるところだけでもやろうって、すみれと決めたんです」

ね、と隣を向くと、すみれは髪をぴょこぴょこさせながら大きくうなずいた。

「すみれは掃除機の係なの」

陽時がわずかに目を細めた。薄い唇が優しくほころぶ。甘い声で言った。

「そっかあ、じゃあおれたちも手伝うよ」

「ぼくは知らへん」

もそりとソファに丸まった青藍を、すみれがじっと見つめた。

「青藍は一緒じゃないの？」

幼く柔らかな手のひらにきゅう、と着物の裾《すそ》を握られて、青藍がうっと詰まった。長い間黙り込んでいたが、やがて心底嫌そうにため息をつく。

「……仕方あらへんからな」

この天才絵師はとにかく妹に弱いのだ。茜はくすくすと笑いながらキッチンへ向かった。

――リビングでは青藍が所在なさそうに立ち尽くしていた。すみれに渡されたハンディモップを、扱いかねるという風にぶら下げている。こざっぱりとした藍色の着物と、薄ピンク色のハンディモップがあまりに似合わなくて、茜はぐっと笑いをこらえた。

「青藍、テレビの裏側もやるんだよ」

すみれがてきぱき指示を出すと、青藍がもそもそとテレビの裏側の埃《ほこり》を払い始めた。

窓ガラスを拭《ふ》いていた陽時が、噴き出す声が聞こえた。

「あの天才絵師青藍がテレビの埃払ってるって、おれ写真撮って見せびらかしてぇわ」

「お前こそ。色男には窓拭きがよう似合《にお》てる」

「ケンカはだめ！」

すみれが腰に両手をあてて、ぴしゃりと言った。その一言で、黙々と作業に戻る大人二人がおかしい。いつまでも見ていられそうだったが、リビングは大人二人とすみれに任せることにして、茜はキッチンにとりかかった。

コンロや換気扇を掃除し、シンクをピカピカに磨く。冷蔵庫、レンジやトースターときて、最後に背面にある食器棚を引き開けた。

天井までの作り付けで、両開きのガラス扉がついている。艶のある赤みの強い木でできていて、両側に奇妙な彫刻が施《ほどこ》されていた。

これも月白邸に住んでいた、以前の住人の置き土産《みやげ》なのだろう。

月白邸はかつて、『結扇《ゆいせん》』という屋号の扇子屋《せんすや》だった。青藍の師である月白《つきしろ》という絵師が営んでいたそうだ。

その月白を慕《した》って、たくさんの絵師や職人たちが入り浸っていた。リビングの丸太をスライスしたようなテーブルや、一つ一つ造りの異なる椅子、いびつな廊下や建て増しされた部屋のどれもが、職人たちが好き勝手にやった結果だと聞いている。

この食器棚もその一つだ。四人では使い切れないほどのおびただしい量の皿や椀が詰め込まれている。いっそ倉庫にしまってしまおうかと、手前の一つを持ち上げた時だった。

茜は食器棚の奥に、妙な箱を見つけた。

引っ張り出してみると、深いブラウンの大きな菓子箱だ。真四角で、ケーキか何かが入っていたのかもしれない。

蓋《ふた》を開けて、茜は目を見開いた。

――それはまるで、雪の降り積もる庭のような、美しい酒器だった。

徳利《とっくり》の地《じ》はどこかほの青く、透き通るような真白。膨《ふく》らんだ胴には紅色の椿が鮮やかに咲いている。深い緑の葉と黄色の花心、一枚一枚厚みのある椿の花びらには、繊細な六角形の雪片がふわりと乗っている。そこだけ精緻《せいち》に編み込んだレースのように淡い紅が透けていた。傍《かたわ》らには、同じ雪の地を使った猪口《ちょこ》が二つ添えられていた。

「――……どこにあった」

茜があわてて振り返ると、青藍が目を見開いていた。

「食器棚の奥です。箱に入ってました」

茜が箱ごと青藍に渡す。何か特別なものを受け取ったように、青藍の手が震えたのがわかった。

「……月白さんの酒器や」

陽時の瞳の奥に、鈍《にぶ》い痛みが揺らいだ。

「見かけへんと思たら……。葬式の後に誰かがしまい込んだんかもしれへんな」

一瞬沈黙が訪れて茜は思わずうつむいた。

月白は青藍の師だ。ちょうど今から六年前の冬、この邸を青藍に残して死んだ。

師匠の死に翻弄《ほんろう》されて、青藍が壊れたように過ごしていたことも、茜は少しだけ聞いている。その死が青藍から奪ったものは、そのまま青藍が月白から与えられていたものの大きさだ。

けれど青藍は、ようやく少しずつ進もうとしている。思い出の中の月白に、青藍がわずかに微笑みを浮かべた。

「……よう酒飲まはる人やった。この酒器は月白さんのお気に入りで、冬になって雪が降ると、いつもこれやった」

青藍の指先に猪口が触れた途端、ぱきりと小さな音がして、真ん中から二つに割れた。あ、と茜は思わず声を上げる。どうやらもともと割れていたようで、だからしまい込まれてしまっていたのかもしれない。

「直りますか？」

茜が問うと、青藍が難しそうな顔で猪口を見つめた。

「継げばなんとかなるやろうけど……」

金継《きんつ》ぎという手法があると、青藍が言った。昔からある、割れたり欠けた陶磁器を直す方法で、漆《うるし》を接着剤にして割れた場所を繋ぎ、金粉で美しく整える。

「でもぼくは、この器はよう継がへん」

青藍は深いため息をついた。

「ぼくには、ユウセツさんの酒器をさわるような腕はあらへんから」

青藍は割れた猪口を眺めて、苦々しげにそうつぶやいた。

2

十二月三十日、師走《しわす》のあわただしさも最盛期をむかえたその日、茜《あかね》とすみれは、青藍《せいらん》に連れられて清水《きよみず》へ向かった。ユウセツという人がそこに住んでいるのだと、青藍が言った。清水へ向かう車の中で、青藍が懐《ふところ》から葉書を出した。年賀状のようで、簡素な挨拶《あいさつ》と住所が書かれている。

「――ユウセツは『遊雪《ゆうせつ》』て書く。陶芸家としての号やな」

号とは書家や絵師が持つペンネームのようなもので、作品を発表する時に使う。青藍にも『春嵐《しゅんらん》』という号があった。

遊雪はかつて、月白邸に住んでいた陶芸家だった。

「うちの庭に窯《かま》があるやろ。あれ作った人や」

ああ、と茜は月白邸の庭を思いうかべた。

庭にある奇妙なオブジェの中でも、小高いドーム状のそれは群を抜いて目を引く一つだ。庭で器《うつわ》を焼くのだと作ったのはいいが、結局消防署の許可が下りずに、一度も使えないまま、野良猫の棲《す》み処《か》になっているそうだ。

岡崎《おかざき》から東大路通《ひがしおおじどおり》へ出て南へ、高台寺《こうだいじ》に続く道の途中で、これ以上は人が多くて車が入れないと言われた。

車から降りた茜は、師走の冷たい空気にふるりと身震いした。黒のダッフルコートの前をかき合わせる。登下校時も制服の上に着ているもので、その下はいつものパーカーにデニムだ。

――清水一帯は、岡崎の南、東山《ひがしやま》に広がる京都随一の観光名所である。

山の中腹に建つ清水寺から、山を下るように長い参道が延びていて、たくさんの土産物《みやげもの》屋が並ぶまさに絵に描いたような観光地である。

美しい石畳が続く緩《ゆる》やかな坂道の左右には、香や焼き物の店、料亭が続き、その合間に鮮やかな小物や銘菓などのパッケージを連ねた土産物屋が挟まっている。賑《にぎ》やかな観光地としての京都と、古い伝統の両方を感じることができる場所だった。

わくわくしている茜とすみれとは対照的に、青藍は終始眉間《みけん》に皺《しわ》を寄せていた。

「……冗談みたいな人の多さやな」

「青藍さんが、自分で行きたいって言ったんですよ」

珍しく、と茜は言葉に出さずに付け加えた。

人混みを極端に嫌う青藍が、清水に出向くつもりになったこと自体が、茜にとっては驚きだ。

苦々しい顔の青藍とは正反対に、すみれの興奮は最高潮だった。顔を真っ赤にして青藍の手を握ったままぶんぶんと振り回している。

周りの観光客が何事かと視線をよこすのがわかって、茜は肩をすくめた。

なにせ藍色の羽織姿の、獣の目つきの男と、その手をしっかりつかんでいる、ピンクのワンピースの少女の組み合わせだ。

このうえ、華やかな容姿で人目を引きつける陽時《はるとき》がいたらとんでもなく悪目立ちするところだった。置いてきて良かったと、茜は心底ほっとした。

「青藍、すみれあれ食べたい！　おせんべい！」

手焼きのせんべいは、気軽に食べ歩きを楽しめる清水の名物の一つだ。

「あとね、抹茶のソフトクリームと、あと、あとシュークリームと……！」

すみれに言われるがまま、着物の懐から財布を取り出そうとした青藍を、茜はあわてて制止した。

「だめですよ、青藍さん」

びくり、と青藍の手が止まる。茜はすみれの目をまっすぐ見た。

「すみれ、おうち出る時約束したでしょ。遊雪さんのところへ行く用事が先で、遊ぶのはそれが終わってから。おやつは一つまで」

途端にすみれがむっと唇をとがらせる。

「おせんべいとソフトクリーム！」

「両方食べたらええやろ」

青藍があっさりそう言うものだから、茜はきっぱりと首を横に振った。

「だめです。夕ご飯食べられなくなっちゃうし。それにすみれ、おやつは自分のお小遣《こづか》いで出すんだよね？」

家を出る時に、すみれには黄色いあひるのがま口に五百円を入れて渡してある。それは肩からかけたポシェットに入っているはずだ。

茜はじろりと青藍を見た。

「青藍さんも、約束ですよね」

青藍が懐に入れていた手をあわてて抜くのがわかる。

青藍も陽時もこの妹に弱い。変に経済力があるせいで、お菓子もおもちゃもねだられるまま、際限なく買おうとする。だから安易に買い与えないと約束したばかりだった。

あちこち目を奪われてうろうろするすみれと、ともすると帰りそうになる青藍を引きずって、茜は二年坂《にねんざか》に続く道を歩き始めた。

しばらく歩くとゆるやかな階段が続いている。二年坂だ。さらに進んでいくと清水寺により近い三年坂《さんねんざか》へと繋がる。青藍はその階段の横、細い路地を曲がった。

その先に大きな一軒家があった。竹の犬矢来《いぬやらい》の上には、千本格子《ごうし》の窓、丸みをおびた瓦《かわら》屋根が覆《おお》い被《かぶ》さる京都の古い町屋《まちや》だ。間口は二間《にけん》と広く、白い暖簾《のれん》がかかっている。丸に『遊』の文字が染め抜かれていた。

暖簾の横に吊ってある平たい陶板には、『清水焼体験　遊』の文字が彫り込まれていた。そばのコルクボードにはたくさんの写真が留められていて、小学生や中学生くらいの子どもたちが、自分の作品を手にして笑っている。

体験教室か、と茜は目を輝かせた。清水焼はこのあたりの伝統工芸で、こういうのを自分で作ることができるのは楽しそうだと思う。

笑みを浮かべながら写真をながめているとふいに唸《うな》るような低い声が聞こえて、茜は顔を上げた。

「……何をやったはるんや、あの人」

青藍が陶板を睨《にら》み付けている。

どうしたのかと茜が問う前に、青藍は乱暴に白の暖簾をくぐって、さっさと中に入ってしまった。それが妙に苛立《いらだ》っているように見えて茜とすみれは、顔を見合わせてあわてて青藍を追いかけた。

暖簾の向こうは町屋の玄関先を利用した店になっていた。手前には使い込まれた木の什器《じゅうき》が並び、申しわけ程度に値段のつけられた、器や土産物が置かれている。どれも千円前後で、足元のダンボールには五百円均一の茶碗が無造作に重ねられていた。

その奥には作業場がある。

町屋の床板を剝《は》がしてコンクリートを打った、広い空間だった。壁際《かべぎわ》にはダンボールやコンテナが積まれ、真ん中にはろくろが四つと椅子が並んでいる。

そのうちの一つに、男が座っていた。目を丸くして青藍を見上げている。

「――……何年ぶりや、青藍」

低く耳の奥に響くような声だった。青藍が眉を寄せて声の主《ぬし》を見下ろした。

「お久しぶりです、遊雪さん」

のそり、と身を起こした遊雪は青藍よりやや年かさに見えた。三十代も後半だろうか。よく日に焼けていて、この寒さだというのに半袖《はんそで》の作務衣《さむえ》を着ている。背はいくぶん低いものの、細身の青藍とくらべたら体の厚みは倍ほどもあるように見えた。

短く刈り上げた黒髪の下から、遊雪の一重《ひとえ》の鋭い瞳がのぞく。それは空を翔《か》ける猛禽類《もうきんるい》を彷彿《ほうふつ》とさせた。

精悍《せいかん》な顔がにやりと笑みを浮かべる。

「まともに顔合わせたんは、月白《つきしろ》さんの葬式以来か」

青藍が無言でうなずいた。

茜は自分の服の袖がぎゅっと引っ張られたのに気がついた。見下ろすと、青藍のそばにいたはずのすみれが茜の後ろに隠れてしまっている。遊雪が怖いのだろうか。

茜は苦笑して、すみれの背をとんと叩いた。

「すみれ、挨拶」

すみれが茜の方をちらりと見て、やがておずおずと遊雪を見上げた。じろりと鷲《わし》の目で見下ろされて、すみれの体がびくりと震えたのがわかった。

「……七尾《ななお》すみれです。せいら……久我《くが》さんのおうちにお世話になっています。よろしく、です」

言い切った！　とすみれが顔を輝かせて茜と青藍を交互に見る。茜はすみれの頭を一つ撫でてから、自分も遊雪に向き直った。

「七尾茜です。妹と二人で、月白邸に住まわせていただいています」

遊雪の目が困惑《こんわく》に揺れるのを見て、青藍がため息交じりに付け加えた。

「東院《とういん》家、笹庵《ささあん》の、樹《いつき》さんとこの子です」

遊雪が息を呑んだのがわかった。

――東院という古い家系がある。古くは御所《ごしょ》の宮廷絵師として、また江戸時代には幕府の御用絵師として様々な仕事を請《う》け負っていた絵師の家系だ。今でも文化財の修復や、寺社仏閣の襖絵《ふすまえ》や屛風絵《びょうぶえ》の製作などに携《たずさ》わり、有名な絵師や芸術家を輩出する家だった。

茜とすみれの父、樹はその東院家の分家の長男だった。『笹庵』の屋号を持つ家に生まれ、やがて母と出会って東院の家を出たと聞いている。

茜たちは勧《すす》められるままに作業場の椅子――といっても、ビールケースを逆さにしたものだが――に座った。遊雪が大きな湯飲みで茶を出してくれる。

ごつごつとした湯飲みは、両手でなくては持てないほど大きかったが、不思議と手にしっくり馴染《なじ》んだ。たっぷり注がれた香ばしい番茶は、冷え切っていた体をほこほこと温めてくれる。

遊雪は、自分は缶コーヒーを開けて、納得したようにうなずいた。

「――そうか。東院家の子か。ずいぶんややこしい家なんやろ」

茜は曖昧《あいまい》にうなずいた。母が亡くなって京都に来たこと。上七軒《かみひちけん》で父が亡くなり、叔父が継いだ笹庵の家を経《へ》て月白邸《つきしろてい》へ引き取られたことをぽつぽつと話す。

遊雪は不思議な人だった。怖いくらいの迫力があるのに、その鷲の目はじっと茜やすみれを見つめていて、時折微笑みながら相づちを挟んでくれる。

その柔らかで低い声が耳に心地良く響くから、気がつくといろいろなことを話してしまっていた。

話し終えた茜が茶をすすったタイミングで、遊雪はその大きな手ですみれの髪をわしゃわしゃとかきまぜた。

「お父さん亡《の》うなって、大変やったな」

すみれが困ったように、茜と青藍を交互に見上げた。

「すみれ……お外、行ってくる」

椅子から立ち上がって、ぱっと走っていってしまう。すみません、と肩を縮める茜に、遊雪が苦笑した。

「すっかり怖がられてしもたかな」

「遊雪さん、顔怖いですから」

ぼそり、と青藍が言った。

「お前に言われたないわ。お前みたいな無愛想なんが、すみれちゃんみたいなかわいい子に懐《なつ》かれるんは、ほんま納得いかへん」

遊雪が口をとがらせるのを見て、茜は肩をふるわせた。

青藍は人嫌いで扱いが面倒で、気に入らないとなればその獣の瞳ですぐに威嚇《いかく》する。子どもっぽいところもあって、愛想がいい方でもない。

けれど茜もすみれも、ちゃんと知っている。

「青藍さんは、優しいですから」

青藍と遊雪がきょとん、とこちらを見たのがわかった。遊雪の目がひょい、と青藍に向く。青藍が舌打ち交じりに視線を逸《そ》らした。

「ええ子やなあ、茜ちゃんもすみれちゃんも」

「……やかましいです」

青藍が拗《す》ねたように、むすりとそう言った。

青藍と遊雪は、まるで歳の離れた兄弟みたいだ。

青藍は心の距離がそのまま言動に出る人だ。ぶっきらぼうながらも、陽時に対するように遊雪には遠慮がないように見える。

かつての月白邸にはたくさんの芸術家たちが住み着いていた。そして互いに教え合い高め合っていた——家族のような時期が、青藍と遊雪にも確かにあったのだと。ふと茜は思った。

「遊雪さん、これ」

青藍はおもむろに、抱《かか》えていた風呂敷包みを遊雪に押し付けた。遊雪が不思議そうに箱の蓋《ふた》を開いて、途端に目を見張った。

「懐かしいな……」

目を細めて、割れた猪口《ちょこ》に触れる。

「直りますか?」

その青藍の声音がずっと真剣だったからだろう。遊雪はすぐさまうなずいた。

「いけるやろうけど、でもお前、自分で金継《きんつ》ぎできるやろ。いつやったか、おれが教えたったはずや」

「あんなん、ほんのさわりだけやないですか」

青藍がふい、と横を向いてつぶやいた。

「それに多少覚えがあったかて……ぼくにはあんたの器なんかよう継がれへんわ」

それは青藍一流の褒《ほ》め言葉だ。青藍はこの遊雪という人の陶芸の腕を、ずいぶん信頼しているのだとわかる。

遊雪がけらけらと笑いながらうなずいた。

「わかった。おれが継ぐ」

遊雪が丁寧《ていねい》に箱の中に猪口をしまった。満足そうに箱の中を眺める。

「『つき、ゆき、はな』やな」

「なんですか、それ」

遊雪の言葉に、青藍が眉を寄せた。

「この器の名前や。月白さんがつけてくれはった」

遊雪の言う、つき、ゆき、はなが『月雪花』のことだとしたら、花は椿《つばき》だろう。雪は地《じ》の真白のことを言っているのかもしれない。

茜は首をかしげた。

「じゃあ、月はどこにいるんですか？」

「——さあ」

遊雪は箱の蓋をぱたりと閉じた。まるで何かの謎かけのように、にやりと笑ってつけ加える。

「継いだら見つかるんとちがうか」

しばらく眉を寄せていた青藍だったが、やがてがたりと椅子を鳴らして立ち上がった。

「帰るぞ、茜」

用が終わるとすぐにこれだ。人のたくさんいるこの界隈《かいわい》には長居したくないらしい。遊雪の淹《い》れてくれた番茶にも手をつけていなかった。

青藍はよそでものを口に入れるのを極端に嫌う人だ。茜はそれが大いに不満である。出されたものはおもてなしとして大事にするべきだと思うからだ。

「青藍さん、お茶が残ってます」

茜が立ち上がった時だった。

がたがたっと店表で音がした。ばさっと暖簾を跳ね上げて、すみれの興奮した声が飛んでくる。

「茜ちゃん！　青藍！　すみれ、泥棒捕まえた！」

遊雪と茜は同時に振り返った。

顔を真っ赤にしたすみれが、力任せに誰かの細い腕をつかんでいる。それは半分泣きそうな顔をした、見知らぬ少年の腕だった。


——少年は仲町《なかまち》海紘《みひろ》と名乗った。

トレーナーにデニムで、黒いキャップを目深《まぶか》にかぶっている。真新しい黒いダウンベストには、胸元に有名なブランドのロゴがついていた。

椅子代わりのビールケースに座った海紘の横で、すみれが腕を組んでじっと睨み付けている。

「家の前で、うろうろしてた。お店の脇とかこっそりのぞき込んでたんだよ！　泥棒に入ろうとしてたんだ」

そう訴えるすみれに、茜はしゃがんで視線を合わせた。

「勝手に決めつけちゃだめだよ、すみれ。仲町くんのお話も聞かなくちゃ」

すみれがわかりやすく頬を膨《ふく》らませて、青藍のそばに駆けていってしまった。青藍は終始興味なさそうに、ビールケースに座り直して腕を組んだままよそを向いている。

何事か考えていた遊雪が、そこでああ、と手を叩いた。

「お前、東野《ひがしの》附属小の二年生やろ」

遊雪が棚から分厚いファイルを引っ張り出す。それは焼成前の器がずらりと並ぶ写真であったり、遊雪と子どもたちが土を練っている写真だった。

そのうちの一枚に、確かに海紘の姿が、自分の作った作品と共に写り込んでいる。

よいしょ、と遊雪が海紘と視線を合わせるようにしゃがんだ。

「どうした？　うちに何か用事か？」

「だから泥棒だよ！　だってすみれが声かけたら、逃げたもん！」

すみれが青藍の後ろから、顔だけを出して叫んだ。海紘があわてて顔を上げた。

「違う！　お前が追いかけてくるからや」

茜はちらりと青藍を窺《うかが》った。子ども二人に挟まれてうんざりとしている。舌打ちをこぼさないだけましだという顔だった。

海紘がぐっとうつむいた。

「……おれは、探し物してただけやし。泥棒とかやないし」

「そうか。それで、見つかったか？」

遊雪の声に、海紘がほっとしたように肩の力を抜いたのが、茜にもわかった。海紘が首を横に振る。

「何を探してたんや。おれも探す」

一定の低さで響く遊雪の声は、何か大きいものに包まれているようで、横で聞いているだけで安心する。

海紘も同じなのだろう。やがておずおずと顔を上げた。

海紘の通う、東野附属小学校は、二年生の図工の時間に伝統文化の体験をすることになっていた。トンボ玉製作や和菓子体験などクラスによって内容は様々だが、海紘のクラスは先週、遊雪の清水焼体験に参加することになった。

「――それで、おれもちゃんと作った。マグカップとお皿」

海紘が一生懸命話すのを、遊雪が一つ一つ相づちを打ちながら聞いている。

「それから……雀《すずめ》の箸置《はしお》きを二つ」

海紘の言葉に、遊雪が首をかしげた。

「東野の二年生やろ。そんなん焼いたかな、おれ」

生徒たちが作った焼き物は、乾燥させた後遊雪が焼いて、それぞれの学校へ送り届けることになっている。

海紘はそこで一度黙り込んで、やがてか細い声で続けた。

「その雀、焼く前にどっかいった」

茜たちは顔を見合わせた。

陶器の雀に足が生えて勝手に歩いていったとは思えない。それにこの作業場でなくしたものを、店の表で探しているというのもおかしい。

茜が海紘に視線をやると、何か苦いものを無理やり飲み込んだような顔をして、黙り込んでいた。手のひらをぎゅっと握りしめて、わずかに震えている。

「……どっか、やられた」

すみれが青藍のそばから、ぱっと走ってきた。

「海紘、いじめられてるの？」

見ている茜が気の毒に思うほど、海紘はびくりと体を震わせた。

「いじめとかやない。クラスのやつと、ちょっともめただけや」

東野附属小学校は有名な私立大学の附属校だ。進学校として有名で、系列の難関私立だけではなく、将来的に国公立大学への進学を目指す生徒も多い。

「おれ、こないだのテスト、順位上がったんや」

海紘の目が一瞬、得意そうに輝いた。茜は目を見開いた。

「仲町くんは小学二年生なのに、もうテストの順位があるの?」

「おれら中学受験組やから。塾も、五年生になったら週四回も行く。それで、大学は京大か東大か、ええと、阪大《はんだい》に入る」

海紘は誇らしげに胸を張って、そばできょとんとしているすみれを見やった。

「お前だってあるやろ。高校とか大学とか、どこ行きたいん?」

すみれは困ったように茜を見上げた。

「将来何になりたいか、ってこと?」

高校も大学もまだ遠い存在のすみれにとって、海紘の質問を、一番近い言葉で置き換えたようだった。だが何か違うのはわかっているのかもしれない。すみれは自信なさそうに、ぽつぽつと答えた。

「すみれはね、お姫様になりたい」

「ふうん。お前、子どもっぽい」

海紘の言葉に、すみれがうつむいた。茜は海紘の顔をのぞき込んだ。

「うちは受験とか考えてなかったから。まだ高校や大学の話はしないんだ」

海紘はキャップのつばを引き下げた。ぼそりとこもった声がした。

「今の世のなか、ちゃんとした大学入らへんかったら、就職で差がつくんや」

どこか借り物のような言葉が上滑りしている気がして、茜は曖昧にうなずいた。

「だから、おれ勉強がんばったんや。でもこの間のテストでおれが三番になって……おれに抜かされたやつらが、むかつくって……」

そこからさき、海紘はぐっと口をつぐんだ。すみれが、むう、と額《ひたい》に皺を寄せていた。

「それですずめを捨てられちゃったの？　おかしいよ。海紘は悪いことしてないのに」

「……別に。でも、もういい」

海紘は、がたっとビールケースから立ち上がった。すみれが咄嗟《とっさ》に海紘の手をつかむ。

「よくない。だって海紘はそのすずめが大事なんでしょ。すみれも一緒にすずめを探すよ。それから海紘のクラスに行って、そういうことしちゃだめって怒るよ」

「なんで……」

海紘は目をまん丸に見開いた。

「だって海紘、困ってるんでしょ」

すみれの言葉に、海紘がぐっと息を呑んだ。とてもまぶしいものを見るようにきゅっと目を細める。

その光景を見ながら、茜は胸がいっぱいになるのを感じていた。

幼い妹だと思っていたけれど、自分よりずっと優しく強く成長している。いつかあの手を差し伸べて、誰かを助けられる人になるだろう。

それがうれしいと同時に、心の奥底がどうしてだかきゅう、と痛む。あの小さくてほことした手は、いつか茜の支えを必要としなくなるのかもしれないと。

ふいに、そう気がついてしまったから。

海紘はすみれのまっすぐな瞳からふいっと目をそらした。

「……余計なことすんな」

海紘がぱっと走って出ていくのを、茜はぼんやりと見つめていた。

「……すみれ、海紘のすずめ探してくる」

茜がはっと我に返ると、すみれが立ち上がって青藍の手をつかんで引きずっていくところだった。

「青藍も手伝って」

「ぼくは子どもの作ったものに興味はあらへん」

「いいから、早く」

茜はあわてて声をかけた。今日の青藍の着物はよそ行きの訪問着だ。

「ちょっとすみれ！　青藍さん着物だから！」

茜が呼び止めるのもすでに遅く、二人は暖簾の向こうに消えていった。何をさせるつもりなのかを考えるとぞっとする。青藍の着物なんて絶対に高いに決まっている。

ずるずると引きずられるように連れていかれた青藍を見て、こらえきれないように遊雪が噴き出した。笑い事ではない。

「あいつに言うこと聞かせるて、すごいなあ、茜ちゃんもすみれちゃんも」

「すみれぐらいですよ、あんな風に青藍さんを振り回せるの」

二人の後を追わなければと、そわそわしながら茜が答えると、遊雪がふ、と息をつく音がした。

「茜ちゃんもすみれちゃんも、特別なんやな」

遊雪の低い声が柔らかく響いて、茜は二人を追おうとした足を止めた。

「……あいつが月白邸に人を住まわせるなんて、思うてもみいひんかった」

振り返ると遊雪が目を細めて、暖簾の向こうを見つめている。懐かしそうで、それでいて痛みをこらえる瞳だ。この人も心の中で誰かを悼《いた》んでいる。

そして、きっとあの壊れてしまっていた青藍を知っている人なのだ。

遊雪の視線がふいに宙に投げ出された。

「おれが月白邸に来た時、まだ青藍もおらへんかった頃や。あそこには売れへん画家とか小説家とか職人とか、とにかくろくでもない人間ばっかりが集まってた」

勝手に庭に家を建てるもの、邸を改造するもの、住まないまでも飯をたかりに来るものと様々だったが、月白はそのどれも、面白いと笑うばかりで決して追い出そうとはしなかった。

遊雪もそのうちの一人だった。

遊雪は清水焼の製造を手がける、大きな窯元の四男坊だ。跡継ぎとして期待もされず家業を継ぐつもりもなかったが、気がつくと陶芸の道を歩んでいたという。

「たばこ吸って酒飲んで、阿呆みたいな未熟な芸術論を毎日語り合って、芸術性の違いとか言うて殴《なぐ》り合いの喧嘩して……」

遊雪がきゅう、と瞳を細める。

「好きなだけ、己《おのれ》の作品を作った」

それは確かに青春だった。

月白という風変わりな人間とあの月白邸が結びつけた、人生の中でほんの一時の、けれどかけがえのない日々だ。

遊雪はふと視線を地面に落とした。

「せやけど、月白さんは死んだ」

月白が死んだのは、六年前の雪の降る冬のある日だったそうだ。

「おれらの月白邸は、月白さんが死んだ時に終わった。それをきっかけに、芸術家をやめたやつもいれば、世界旅行に出かけたやつもいてる」

遊雪が顔を上げてぐるりと自分の教室を満足そうに見回した。

「悲しかったしさびしかったけど、でもおれたちは月白さんを思い出にできた」

茜は深く息をついた。この先を茜も知っているから。

「——せやけど、青藍は違った」

小学生の頃、月白邸に引き取られてきた青藍は、月白が死んで『久我』の姓と月白邸を継いだ。

師である月白が死んでからの六年間、すさみきった青藍のことを、遊雪も知っている。その頃の青藍にとって、月白はあまりにも特別で世界のすべてだった。

「おれらは何にもできへんかった。月白邸も何度か行ったけど、ほとんど門前払いでな。

たまに顔合わせても生きてるか死んでるかわからへんような目ェしてた」

月白は青藍に最後に一つ、課題を遺《のこ》した。その課題と共に六年間、月白邸で壊れていた青藍のことを、この人もきっと案じていたのだ。

「だから、あいつが一人ぼっちやなくて、あんな風に生きてる目ぇするようになって、安心した。ありがとうな、茜ちゃん」

茜は首を横に振った。

「青藍さんは、もともと一人きりじゃないですよ」

それは以前、陽時にも、そして遊雪と同じく月白邸のかつての住人だった涼《りょう》にも言われた言葉だ。その度《たび》に、青藍のことをたくさんの人が案じていたのがわかるから——。

自分たち姉妹が、これからもあの優しい人の支えに少しでもなっていければと、そう思うのだ。

「——茜！ 帰る」

青藍が不機嫌そうに暖簾の向こうから戻ってきた。振り返って、茜は声にならない悲鳴を上げた。

「青藍さん、着物が！」

上等な着物に草切れや土汚れ、古い蜘蛛《くも》の巣や埃《ほこり》が容赦なくへばりついていた。クリーニング代のことを考えると気が遠くなる。

青藍の後ろから、しゅんとしながらすみれが顔を出した。お気に入りだったピンク色のコートが、べったりと土で汚れている。

「……お洋服汚したの、ごめんなさい」

でも、とすみれはぱあっと顔を上げた。

「すずめ見つけたよ。すみれが見つけたの。でも、取ってくれたのは青藍！」

広げたすみれの手のひらには、小さな雀が二羽載《の》っていた。

隣家との隙間に投げ込まれていたのだという。いびつなまま固まってしまったのだろう、形はいくぶんひしゃげていたけれど、確かに二羽のふくふくとした雀だった。

「海紘、喜ぶかなあ」

すみれの目が充足感に満ちあふれている。青藍が無言で、すみれの頭をくしゃりと撫でた。

遊雪がすみれの前にしゃがんで、その大きな手で大切そうに二羽の雀を受け取った。

「おれが焼いとく。ありがとうな、すみれちゃん」

すみれは汚れた頰を真っ赤にして、大きくうなずいた。

どこからともなく鐘の音が聞こえる。清水寺の参道は夕日に赤々と照らし出されていた。

ずいぶん長居してしまったらしい。

暖簾をくぐって外に出たところで、青藍がふと、見送りに出てくれた遊雪を振り返った。

陶芸教室、という文字とその下の写真。そして遊雪の顔を交互に見つめる。

茜が首をかしげる先で、ぽつりとつぶやいた。

「それで、あんた、こんなところで何してはるんですか」

苛立《いらだ》ったような青藍の視線が、遊雪を射貫《いぬ》いた。空気がぴり、と緊張した気がして茜は息を呑む。

「あんたの腕は、子どもや観光客相手に披露《ひろう》して、満足できるようなもんやない」

青藍が、ぐ、と手のひらを握りしめた。

瞳の奥が燃えるような怒りをたたえている。その苛立ちが一瞬沸騰したように見えた。

「あんな、美しい器を作れる腕で——!」

遊雪が虚を衝《つ》かれたような顔をして。やがてふ、と笑った。

遊雪の猛禽の瞳に炎が揺れる。茜は息を呑んだ。そこには子どもに優しい陶芸教室のおじさんの姿はない。

ただ美しいものを突き詰める情熱だけがある。

「ほんまに美しいものが何なんか——おれはもう見つけた」

その輝きは、青藍のそれとよく似ていた。

遊雪の家から帰る道中、青藍は車の中で一言も話さなかった。こういう時、すみれは不思議と空気を読むのか、いつものように話しかけたりもしない。沈黙に支配された車の中で、茜だけがそわそわと気まずかった。

青藍は戻ってきてから、夕食も摂《と》らずに仕事部屋に引きこもってしまった。こういう日に限って陽時は帰ってこない。

すみれが離れで寝た後、茜は夕食を載せた盆を持って、青藍の仕事部屋を訪ねた。

盆の上にはわかさぎの南蛮漬け、味の染《し》みた棒鱈《ぼうだら》と海老芋《えびいも》の煮付け、昆布《こんぶ》の煮染めが載っている。どれも今日、おせち料理を仕込んだあまりだった。どうせ酒を飲んでいるだろうから、腹に溜まるものは持ってきていない。

母屋《おもや》から廊下で繋《つな》がった青藍の仕事部屋は、八畳が二間続いている広い離れだ。

「青藍さん」

呼びかけると、中から身じろぐ気配がしたが返事はない。茜はため息をついて、やや声を張った。

「ここ、ものすごく寒いです、青藍さん」

ややあって、ぼそりと応《こた》えがあった。

「……………入れ」

障子《しょうじ》を引き開けるとそこは板張りの八畳間だった。青藍の仕事部屋だ。

壁面には天井まで大きな棚が組まれていた。艶《つや》のある飴《あめ》色の木でできていて、紙や布きれが差し込まれている。その隣は真四角に切り取られた引き出しが並んでいた。かつて月白邸が扇子屋《せんすや》だった名残《なごり》だ。一つ一つに、扇の骨や部品が入っているのを、茜も見たことがあった。

両開きの扉がついた棚は、中におびただしい量の絵具が並んでいる。瓶や小袋に入ったそれは、岩絵具と呼ばれる日本画の顔料だ。鉱物を砕いたものでできていてひと瓶で何万円もするものもある。足元の箱には白い小皿が何十枚も積まれていた。

ここに来ると、茜はいつも緊張する。

絵師としての青藍のすべてが、ここにあるような気がしているからだ。

いつも真ん中にある大きな木の机が端に寄せられていて、畳が二畳分、床の上に引き出されていた。その上に桐《きり》の箱がいくつか雑然と置かれている。

そのそばに座り込んでいた青藍が、胡乱《うろん》げに顔を上げた。ひそめられた目元に深い影が落ちていて、一目で機嫌が悪いとわかる。

「……なんの用や」

「ご飯持ってきました」

畳の上には茜の睨んだ通り、徳利《とっくり》と猪口が一組無造作に置かれている。ぐるりと見回しても肴《さかな》らしいものが見当たらない。茜はじろりと青藍を見た。

「お酒を飲む時は、おつまみも一緒にって約束ですよね」

茜はずいっと畳の上に盆を乗せる。

「後で食べる」

ぼそりとそう言うのを無視してじっと見つめていると、根負《こんま》けした青藍が深く嘆息《たんそく》した。

ちらりと茜の顔色を窺いながら、海老芋の煮付けをもそもそと口に放り込む。

その間に茜は畳の上の箱に目をやった。大小様々な桐箱が並べられていて、中から薄い紙があふれている。そこに埋もれるようにしまい込まれていたのは、真白な器だった。

まるで降り積もる雪のような、ほの青く透明感のある地だ。茜はこの器を作ったのが誰なのか、すぐにわかった。

「これ、遊雪さんの作品ですか？」

青藍が猪口から酒をあおって、うなずいた。

「器には、陶器と磁器があって——」

青藍の長い指が遊雪の器をはじく。キィン、と甲高《かんだか》い音がした。

「こうやって高い音がなるんが磁器。岩を砕いた土を使って焼く」

磁器に使う土はガラス質に変化し、光を淡く透かす美しい地になるのだ。

江戸時代の後期、京都に磁器の文化がもたらされた。それまでの陶器製作とならんで京都の焼き物界に繁栄をもたらしたという。

青藍がぽつぽつと説明しながら、遊雪の雪のような器に触れた。

「遊雪さんはこの白磁を極めた人やった。海外の品評会にも出品したはって、高い評価ももらって。一点何十万、時には百万超えるような値がついたこともあった」

青藍が愛《いと》おしいものを慈《いつく》しむように雪の白磁に触れる。ほの青い月の光を透かして輝いているようにすら見えた。

「見ろ、茜。本物の雪みたいや。千何百度いう高温で焼いてるのに、仕上がったものがこんなに真白で、触れたら指先から凍ってしまいそうな気がする」

その瞳の奥には子どものような好奇心が、きらきらと輝いている。

この人はひねくれていて人嫌いだけれど、美しいものにだけは誰よりも真摯《しんし》だと、茜は知っている。

「初めて遊雪さんの器を見た時、ぼくにはこの境地にはたどり着けへんのやと思た」

青藍の声は高揚していて、夢を見ているようにうわずっていた。そうしてやがて、きゅう、と目を細める。

「……だからあの人やったら、もっと美しいものが作れるはずやのに」

茜はそこで初めて、青藍が何に苛立っていたのか理解した。

この美しい器を作れるほどの腕を、どうしてあそこで遊ばせているのか。それが青藍にとってはたまらなく腹立たしいことだったのだ。

だがあの時、美しいものが何か、自分は見つけたのだと、遊雪は確かに言った。

青藍もそれを思い出したのだろうか。それきりむっつりと黙り込んでしまった。ふてくされたように酒をあおって、畳の上に猪口を叩き付ける。

それはただ一人取り残された子どものように、茜には見えた。

青藍の瞳が無意識なのだろう。ふすまの向こうに注がれている。縋《すが》るように青藍が見つめるその先に何があるか、茜は知っていた。

六年前、死んだ月白が青藍に与えた──美しい課題だ。

「──……月白さんは」

青藍がぽつりとつぶやく。茜は黙ったままうなずいた。出ていけと言われていないから、ここにいてもいいのだろうと思った。

青藍を、一人にしたくなかった。

「――遊雪さんと酒を飲むのが好きやった」

茜は青藍の思い出を邪魔しないように、静かにうなずいた。

「『つき、ゆき、はな』ですね」

あの酒器に月白がつけたという名前だ。

「たぶん、雪月花《せつげつか》のことやと思う」

青藍がそばにあった紙に、さらりと書き付けてくれた。

『雪月花時最憶君』

「もともとは、白居易《はくきょい》の漢詩の一節から来てる」

――雪月花の時、最も君を憶《おも》う。

美しい自然の情景を眺めている時、遠く離れてしまった友を憶う。そういう意味だと青藍が言った。

「花は桜を指すことが多いらしいけど、あの酒器やとたぶん胴の椿のことや」

そうして雪は、この美しい器そのものだ。

「でも……月だけが、足らへん」

ぼそりとつぶやいた青藍のその声に、不安が揺れているのに茜は気がついていた。

「大丈夫ですよ。直せば見つかるって、遊雪さんが言ってました」

だから大丈夫だと、もう一度言う。

凍えそうな美しい雪の中、月を探す迷子の子どもに、優しく言い聞かせるように。

3

年が明けて、元日の朝。年末からの寒波は強まるばかりで、その日も朝から雪が降り続いていた。

早朝からキッチンに立っていた茜《あかね》は、作業が一段落してふとリビングの窓から庭を眺めた。

空は重い鉛色《なまり》、はらはらと舞い落ちる雪が強い風にあおられて、渦を作って天高く舞い上がっていく。

天気予報では、晴れるのは今夜からだそうだ。

茜はおせち料理の詰まった重箱に、最後の仕上げとして南天の赤い実を飾った。

南天を見ると、上七軒《かみひちけん》の喫茶店で迎えた正月を思い出す。その時は常連の芸妓《げいこ》が、正月飾りにと南天の大きな枝を届けてくれた。その朱色の鮮やかな色彩が、一年の始まりを彩ってくれるようで、親子そろっていたく感動したのを覚えている。

それが父と一緒の、最後の正月だった。

しんしんと降り積もる雪をじっと眺めていると、心の奥までがふいに凍り付くほど寒々しく感じることがある。

「――青藍《せいらん》と陽時《はるとき》くん、早く帰ってこないかな」

リビングのソファで、すみれがぽつりと言った。

青藍は今朝早く陽時が迎えに来た。正月の挨拶《あいさつ》回りがあるからと、無理やり引きずっていったのだ。正月のごちそうは二人が帰ってきてからにしようと、今朝は普通の朝食にして、おせちもお雑煮《ぞうに》も取ってある。

「きっとすぐだよ」

茜がそう言ったのは、自分に言い聞かせるためかもしれなかった。

おせち料理の準備を整えた茜がリビングのソファに戻ると、すみれがソファの座面にもたれて座り込んでいた。卓には最近お気に入りのアニメ『まじかるプリンセス』の塗り絵が広げられている。

その隣の草色の箱には、色の塗り込められた小さな皿が規則正しく並べられていた。顔彩という日本画の画材で、水で溶くだけで使える簡易なものだ。茜とすみれに一セットずつ、クリスマスに青藍からもらったものだった。

半分ほど塗ったところだろうか。すみれはその隣に広げられた画材を、ぼんやりと眺めていた。

その姿がなんだか物憂《ものう》げに見えて、茜はすみれの隣に座った。

「どうしたの？」

「茜ちゃん。すみれ、……お姫様になるのっておかしい？」

すみれの視線は、じっと塗り絵に注がれている。

フリルたっぷりのスカートと鮮やかに色分けされたアニメの主人公の彼女たちは、みんな失われた国のお姫様だそうだ。魔法を使って敵を倒し、自分の国を守ろうとしている。

「海紘《みひろ》が言ってた。大学とか。それって夢とは違う？」

すみれの瞳は、どこか夢から覚めたような色をしていた。

夢はいつか現実に追い越される日が来るのだと、茜もわかっている。けれどそれをまっすぐに見つめるには、すみれの歳ではまだずいぶん早いとも思う。

何も言えない茜の前で、達観した大人の瞳と夢を追う子ども特有の熱を両方持って、すみれは言った。

「すみれね、やりたいことといっぱいあるの」

小さな手が一つずつ指折り数える。

「お父さんみたいに、お店屋さんもしたいの。でも茜ちゃんみたいに、お料理する人にもなりたい。それから――」

テーブルに広げられた絵具を見つめた。

「青藍みたいに、絵を描く人にもなりたい」

父が死んだ後、すみれは笑わなくなった。月白邸《つきしろてい》で柔らかに癒《い》やされて、そうして自分の未来を考えるようになった。

クリスマスの前の騒動から、すみれは少し大人になった。あれから二週間も経《た》っていないのに、一日一日を駆け抜けるように。すさまじい速さで成長している。

「でも、海紘は大学ってとこに行かなきゃだめって言う。それって本当?」

見つめられて、茜は曖昧《あいまい》にうなずいた。

すみれは一人、じっと前を見つめている。いつかこの手から妹がどこかに行ってしまいそうで漠然《ばくぜん》と不安になった。

「……そんなこと、まだ考えなくていいんだよ」

これはたぶん正解じゃない。わかっていて茜はそう言った。妹が遠くへ走り去ってしまう未来を、これ以上認めたくなかったから。

ようやくやんだ雪の名残《なごり》を、橙《だいだい》色の夕焼けがとろりと溶かす頃。

青藍と陽時が月白邸に帰ってきた。

「ただいま──あ、あけましておめでとう」

迎えに出た玄関先で、陽時がぺこりと頭を下げる。茜とすみれも倣《なら》った。

「おめでとうございます」

陽時の鼻の頭も頰も、赤く染まっている。やはり外はずいぶん冷え込んでいるらしい。

陽時はストライプのセットアップスーツを着て、いつもは遊ばせている髪まで丁寧《ていねい》にセットされていた。

その横を通り抜けるように、青藍がぬっと顔を出した。

久我《くが》家の家紋の入った羽織に、いつもより上等な深い藍《あい》色の着物、ふわりと白檀《びゃくだん》の香りがするのは、香をたきしめているからだ。額《ひたい》には深い谷間ができていて、瞳は凍《い》てつく冬のように冷え切っている。

無言で仕事場に歩いていった青藍の背を、茜が唖然と見送っていると、陽時が肩をすくめて苦笑した。

「機嫌最悪なんだよね。笹庵《ささあん》さんとこに挨拶行ったら、本家の珠貴《たまき》さんと鉢合わせしちゃってさ」

「えっ」

茜は思わず声を上げた。

「叔父《おじ》さんのところに行ったんですか？」

「うん。一応、茜ちゃんとすみれちゃんを預かってるって形になってるから。正月くらいは頭下げとかなきゃね」

茜は青藍を振り返った。その背中はもう廊下の奥に消えている。

挨拶回りなんて一番嫌がりそうなのにと不思議に思っていた。それが茜とすみれのためだったと知って、茜は何も言えないままぺこりと頭を下げた。

陽時が手を振って苦笑する。

「あいつの役目なんだから、当然なんだよ」

暖簾《のれん》をくぐりリビングに入ると、陽時はジャケットを脱いで椅子に引っかけた。肩をほぐすように、うんと伸びをする。

「まあでも、珠貴さんに会ったのは想定外かなあ」

東院《とういん》珠貴は東院家の現当主だ。茜も一度ならず顔を合わせたことがある。父と同じくらいの年齢で、柔らかで繊細な雰囲気の中に、氷のような目を持った人だった。

そして青藍の、歳の離れた母親違いの兄でもある。

「冬期画展で青藍にやられてから二週間も経ってないのに。しれっとして本家に顔出せってうるさくてさ。あの人の腹の中を一回見てみたいね」

陽時が苦々しげにそうつぶやいた。

冬期画展で久しぶりに顔を合わせた異母兄弟の確執は未《いま》だ解けず、青藍は本家が苦手なままだ。

「今日はそっとしておいた方がいいでしょうか」

「やだ」

ぱっと下を見ると、すみれがむっと口をとがらせていた。

「今日はお正月だもん。すみれ、青藍と陽時くんが帰ってくるの待ってたもん。青藍を迎えに行ってくる」

すみれがぱたぱたと廊下を走っていった。あっけに取られていた茜の後ろで、陽時がけらけらと笑う。

「ありがとうね、すみれちゃん」

せっかくの晴れの日に、青藍を一人にしたくないのは茜も同じだ。

「わたしお雑煮、温めてきます」

冷蔵庫の前に開かれたダンボール箱の中から、丸餅《まるもち》と鰹節《かつおぶし》を引っ張り出す。

これらの品々は、日本や世界のあちこちから、月白邸に折に触れて届くものだ。

もともと月白邸に住んでいた、遊雪《ゆうせつ》のような職人や芸術家たちが、今でもあれこれと送ってくれているそうだ。

年末に届いた箱には、気の利《き》いたことに餅や鰹節、かまぼこ、旬《しゅん》の魚や海老《えび》、肉類などが詰め込まれていた。おかげで大晦日《おおみそか》のごちそうもおせちの中身も、豪勢になった。

下ゆでした丸餅が雑煮の出汁に馴染《なじ》んだ頃。

青藍がすみれの手に引かれて、のそのそとリビングに戻ってきた。いつもの藍色の着物に着替えている。

「茜ちゃん！　すごいんだよ！」

すみれがキッチンに駆け込んできて、茜の足元でぴょんぴょんと飛び跳ねている。すみれに手を引かれて、茜は火を止めてテーブルの方へ顔を出した。

「どうしたの？」

すみれがわくわくと顔を輝かせながら、テーブルの上に、持っていたものを一つずつ並べた。

それは、端に金箔《きんぱく》があしらわれた、紅白の箸《はし》袋だった。中には薄く削られた「へぎ」と呼ばれる木の板が二枚入れられていて、その間に柳箸が差し入れられている。

「へえ、祝い箸だ」

陽時が目を丸くした。

晴れの日に使う祝い箸は箸袋にそれぞれ名前を書いて使うという。

「これが茜ちゃんの」

すみれが、並べたうちの一つを指す。

そこには『茜』とひと文字入ったそばに、小さな墨書きの雀《すずめ》が添えられていた。赤い南天の実をくわえている。

すみれの箸にはふくふくと体を膨《ふく》らませて、菫《すみれ》の花を頭に乗せた雀が。陽時の箸には、金色の毛並みを持つ猫が、体を丸めていた。

「すみれのお箸だよ！」

すみれがぶわっと満面に笑みを浮かべて、いそいそと椅子に腰掛けた。目の前に行儀良く箸を置いて茜を見上げる。

「茜ちゃんはやく！」

茜は箸と青藍を交互に見やった。青藍がするりと視線を逸《そ》らして、椅子に座ってしまう。

やがてぽそりとつぶやいた。

「……遅うなった。あけましておめでとう」

茜は自分の箸を手に取った。

胸の奥からあふれ出しそうになるものを、こらえるので精一杯だ。

一年の一番最初の晴れの日に、小さな南天の雀を手の中に抱いて。このあたたかい場所で新たな年を言祝《ことほ》ぐことができることが、これほどうれしいとは思わなかった。

「──はい。おめでとうございます、青藍さん」

青藍の箸には、黒々とした細い枝が描かれている。墨書きの花の咲かない桜の枝だ。

この桜を自分の名の横に描いた覚悟を、茜は知っている。

だからせめて精一杯の幸せが、互いに訪れますように。

そう祈らずにはいられないのだ。

──重箱を開けると、色鮮《から》やかなおせちが詰まっていた。

紅白のかまぼこ、飴を絡めたたつくり、鮮やかな橙色に蒸し上がった海老、昆布《こぶ》締めに、北海道から届けられた薩摩芋《さつまいも》で作った、栗きんとん。棒鱈《ぼうだら》と海老芋、伊達《だて》巻《ま》きに出し巻き、蓮根《れんこん》と金時《きんとき》にんじんの煮物。黒豆はふっくらと炊《た》き上げ、ニシンと鱒の幽庵《ゆうあん》焼《や》きが美しい照りを放っていた。

黒い椀には白味噌の雑煮。具はなく白丸餅を入れて、上には鰹節をたっぷりかけてある。

陽時が目を丸くした。

「すごいね、茜ちゃん。これ全部作ったの？」

「ちょっと気合い入れすぎたかもしれないです」

なにせ年末に届いたダンボールの中身が豪勢だったのだ。日持ちしないものもあったから、あれもこれもと欲張ってしまった。

陽時がいそいそと昆布締めと黒豆を自分の皿に取った。

「京風のおせちだよね。これもお母さんに教わったの？」

茜はうなずいた。京風の白味噌の雑煮と、出汁の味がきいたおせちは母の味だ。

「母は京都の人じゃなかったみたいなんですけど、父の好きな味を覚えたんだって、そう言ってました」

茜の料理は全部、東京の高円寺《こうえんじ》に住んでいた頃、アパートの狭い台所で母に教えてもらったものだ。

年末、カフェでバリスタをやっていた父に休みはなかった。いつもより夜遅く帰ってくる父を待ちながら、黒豆の炊き方、焼き物の作り方、栗きんとんの裏ごしの方法、重箱への詰め方。一つ一つじっくりと教えてもらったのだ。

ぽつぽつと話しながら、茜は棒鱈を齧《かじ》った。じゅわ、と甘い出汁が染《し》み込んでほろほろと身がほどけていく。

母は天涯孤独の身だったと聞いている。父と京都で出会い、結婚したということ以外、本当の出身地も祖父母のことも、茜は知らない。

もう少し二人の話を聞いておけば良かったと、今になって思う。

東京に住んでいた頃、父も母も毎日が楽しそうだった。二人にとって大切なのは今なのだろうと漠然《ばくぜん》と思っていたのと、親のなれそめを聞くのが少しばかり気恥ずかしくて。結局聞かずじまいだったのだ。それが少しさびしい。

陽時がふっくら炊き上がった黒豆を箸先でつまんだ。口の中でとろりととろける複雑な甘さは、茜の自信作だ。

「じゃあ、これは七尾《ななお》家のお正月の味なんだね」

茜は顔を上げた。青藍がふん、と鼻を鳴らす。

「……ちょっと甘いけど。悪ない」

茜は顔を上げた。それだけで今までのほのかなさびしさがもうどこかに行ってしまっている。

二人がそう言ってくれるから。なくなってしまったものの大切な思い出は、自分の中に確かにあるのだと、茜はそう思うことができるのだ。

茜が食後のコーヒーを淹《い》れていると、ソファで正月番組を眺めていたすみれがふと青藍の方を向いた。

「青藍、遊雪のおじさんから、お電話まだ？」

半分寝ていたのだろう。うつらうつらとしていた青藍が、気《け》だるそうに顔を上げる。

「まだや。金継《きんつ》ぎて時間かかるいうしな」

そっかあ、とすみれが、ぽつりとつぶやいた。

「海紘、大丈夫かな」

茜はコーヒーを青藍と陽時の前に、ホットミルクをすみれの前に置いて、自分もソファへ座る。陽時がもらい物だという菓子を菓子鉢《ばち》へ開けてくれた。

「その雀はすみれちゃんが見つけたんでしょ。遊雪さんが焼いてくれたんなら、きっとその海紘くんとやらも、元気になるんじゃない？」

「そうかな、そうだといいな」

コーヒーを一口すすった青藍が、ふ、と息をついた。

「――……あれが、ほんまにあいつのもんやったらな」

茜とすみれが同時に青藍の方を見た。

あの二つの雀は、海紘が同じクラスの子に捨てられたと言っていた。海紘が作ったもののはずだ。

「どういうことですか?」

「焼いたらわかる——それに、遊雪さんが気づいてはらへんわけないやろうから」

青藍はそれきり、興味なさそうによそを向いた。

4

遊雪から酒器の金継《きんつ》ぎが終わったと連絡があったのは、三が日もとうに明け、茜《あかね》もすみれも三学期が始まった頃だった。

三連休の初日、茜とすみれ、青藍《せいらん》は再び連れ立って清水《きよみず》を訪れた。相変わらずの人混みにうんざりしたような顔で、青藍が眉を寄せている。

「……せめて平日やったら良かったのに」

三連休の清水は目を剝《む》くほど人が多かった。初詣《はつもう》で客と観光客が入り交じり、あちこちで楽しそうな声が上がっている。この活気ある雰囲気が茜は嫌いではないが、ともすると青藍は帰ってしまいそうだった。

陶芸教室『遊《ゆう》』の作業場では、遊雪《ゆうせつ》が待っていた。相変わらず半袖《はんそで》姿で、見ている方が風邪をひきそうだと茜はふるりと身震いする。

陶芸教室は、年が明けてからすでに何度か体験者を受け入れたのだろう。作業場の端には新聞紙が広げられ、その上に番号を振った器《うつわ》や置物がずらりと乾かされていた。

すみれが、あっと叫んだ。

「海紘《みひろ》！」

遊雪のそば、作業場の端で居心地悪そうに身を縮めていたのは、海紘だった。すみれが喜びいさんで駆け寄ると、海紘は鬱陶《うっとう》しげにぎゅっと眉を寄せた。

「……呼び捨てやめや。おれが年上なんやで」

「いっこだけだし。それに、すみれと海紘は友だちだから。いいんだ」

すみれがうれしそうに笑う。

遊雪が海紘の前の台に、ことりと二羽の雀《すずめ》を置いた。

「海紘。お前を呼んだんは、これを渡そう思てな」

形はくしゃりとくずれているものの、どちらもふくふくとした雀だとわかる。焼き上げられて質感はなめらかに変わっていた。

遊雪の陶芸教室には大型の電気窯《がま》がある。教室の作品はみなそこで焼くのだそうだ。

海紘が遊雪をまじまじと見上げた。

「……見つけてくれはったん？」

「見つけたんはすみれと、そこにいる青藍や」

すみれと青藍を交互に見つめて、海紘は居心地悪そうにうつむいた。すみれがぱっと海紘の手を取る。

「良かったね、海紘！」

しばらくためらった後、海紘がほっと顔をほころばせた。

「……うん。良かった」

椅子に座ったまま不機嫌そうにしていた青藍が、ふいに海紘の方を向いた。

「それは——ほんまにお前が作ったものか？」

その瞬間、海紘の表情が凍り付いた。台の上の雀に伸ばそうとしていた手が止まる。

その青ざめた顔で、茜にはそれが図星だとわかった。

そういえば青藍は、正月にも同じようなことを言っていた。茜が青藍を振り返ると、似つかわしくない椅子代わりのビールケースに、座り心地が悪そうに腰掛けている。

「その雀は、明らかに手先の器用なやつが作った。羽根の模様は、細い楊枝《ようじ》で毛羽立たへんように彫り込んだあるし、まっすぐに立つように重心も考えられてる。小学生の素人《しろうと》作りにしたら上等や」

青藍がちらりと壁際《かべぎわ》の棚を見やる。そこは遊雪が写真を収めたファイルを置いている場所だった。

「この間、写真で見たお前の腕では、まず無理やな」

青藍にじろりと睨《にら》み付けられて、海紘がぐっと手のひらを握りしめた。うつむいたままふるふると震えている。茜はため息をついて、青藍と海紘の間に割って入った。

「青藍さん、言い方があります。あとそんなに睨んだら、怖いですよ」

「睨んでへん」

「お前の顔がもともと怖いんや」

ぼす、と頭をはたかれて、青藍は鬱陶しそうに遊雪を睨み上げた。遊雪は立ったままの海紘を見下ろした。

「まあ座れ」

海紘はぎこちなく従った。

「これはお前の作品やないと、おれも思う」

「…………おれのやし」

海紘が泣きそうな声でそう言うから、遊雪がふ、と柔らかな笑いをにじませた。

「──器には作り手の心がうつると、おれは思う。そいつの考え方とか、今までの歴史とか、そういうものを全部ひっくるめて、心や」

　遊雪は海紘と視線を合わせるようにしゃがんだ。小さな左右の手を、自分の両手でそれぞれそっと取る。

　海紘は不思議そうに遊雪を見つめた。

「そんなんあるわけない。おれら、おじさんみたいな陶芸家やないのに」

　遊雪はうなずいた。

「関係あらへん。そういうのは、一人一人手が全部覚えてる。手から土にうつるんや」

　茜はまじまじと遊雪の手を見つめた。大きな手はごつごつとしていて、皮が厚い。土に触れ続けている手だ。海紘の手は小さくなめらかでふくふくと柔らかかった。

「海紘はちょっと不器用やな。マグカップも皿もいびつで大味やったけど、インパクトがあって面白かった」

　すみれが目をまん丸にして遊雪を見上げていた。

「遊雪のおじさん、全部覚えてるの?」

　その背に張り付くように、海紘の手をのぞき込んでいる。すみれは遊雪にすっかり懐《なつ》いてしまったようだった。

「おう、覚えてる」

遊雪が床にずらりと並べられた作品を見回した。それぞれに手のひらから注がれたその人の歴史がある。遊雪はその一つ一つを確かに覚えていると、そう言った。

それから、海紘の前の小さな雀を見やった。

「この雀は、たぶんもっと器用なやつが作った。細かいことが得意で、ちょっと神経質やな。それでこだわりも強いし、ひねくれてて面白いやつや」

すみれが心配そうに海紘の表情を窺った。

「これは、海紘のじゃないの？」

遊雪の大きな手のひらの上で、海紘の手がぎゅう、と握りしめられた。

「──慎《まこと》のなんや」

佐山《さやま》慎、と海紘はぽつりとこぼした。

「慎は、変なやつなんだ」

慎はクラスから浮いていた。クラスで一番体が小さくてメガネをかけていて、運動もできない。体が弱くてしょっちゅう欠席するし、体育もいつも見学だった。

クラスの他の子と同じように、海紘も慎のことを変なやつだと思っていたし、積極的に近づきたいとも思わなかった。

海紘が慎に初めて話しかけたのは、小学校一年生の図工の時間だった。紙粘土で好きなものを作る授業で、慎は恐竜を作っていた。海紘は単純に恐竜が好きで、その造形に引かれて声をかけたのだ。

そして驚いた。

一つ一つの細かな鱗《うろこ》、ギラついた爬虫類《はちゅうるい》の目、今にも動き出しそうな強靱《きょうじん》な尾。海紘はそれを見て感動した。慎の作った恐竜はクラスの誰より上手だった。

「慎は変やけど面白くて、恐竜のことも詳しかった」

それから海紘は慎と少しずつ話すようになった。

けれどクラスのみんなは違った。慎のことをいつも「普通じゃない」と言った。普通じゃない子と一緒にいると、海紘までクラスからはじかれる。

海紘はこらえきれずに、ぐすりと一度しゃくりあげた。

「……おれ、あかんやつやったと思う。人がおらへんとこで慎としゃべって。誰か見てるところでは、しゃべられへんかった」

卑怯《ひきょう》だったと。はっきりと海紘はそう言った。

茜は胃の底で、罪悪感がぐるりとうごめくのを感じた。

茜にだって覚えがある。クラスで一人ぼっちだった誰かのことを、わたしは気にとめていただろうか。あの子もいじめられていたのかもしれないけれど、知らないふりをした。

学校は社会の縮図だ。加減を知らない苛烈《かれつ》で狭い世界で、文字通り生き残っていくために、いつだってみんな精一杯でどこか卑怯に生きている。

海紘は、涙のにじんだ瞳で遊雪を見上げた。

「……いじめられてたんは、おれやなくて、慎。それで慎の雀捨てたんは――おれや」

少し前のテストで、慎はクラスで一番になった。それが引き金で、慎へのあたりはひどくなった。

陶芸教室の日、慎と一緒にいるところを見られた海紘は、クラスの中でも中心になっていた男子に言われたのだ。

――何か面白いことしろよ。

その面白いこととは、練り上げられた土で一生懸命小さな動物を作っている、慎へのいやがらせに他ならなかった。

そして海紘は、慎が席を外している間に二つの小さな雀を盗み取った。手のひらに収まってしまうような繊細で、美しい造形だった。そのつぶらな瞳を見ないふりをして、二つとも隣家との隙間に投げ込んだのだ。

すみれが遊雪の背から飛び出して、海紘に食ってかかる。

「どうして、嫌って言わないの」

海紘がはじかれたように椅子から立ち上がった。

「うるさい！　……そんなん……っ、そんなん、おれが聞きたい！」

海紘だってあんなに美しいものを、愉快な気持ちで投げ捨てたわけじゃない。

それでも明日からクラスで何事もなく生きていくために。海紘は雀を捨てたのだ。

慎は自分の雀がなくなっていることに気がついた。あちこち探して、それでも見つからなくて。時間切れで学校に帰る時、とても悲しそうな顔をしていた。

その慎の顔を見て、海紘は胸が痛くてたまらなかった。それから胃の底に気持ち悪さがずっと沈んでいる。

「おれ、おれどうしたらいいか、わからへん」

「海紘は慎くんのこと、嫌いなの？」

すみれが言った。海紘は首を横に振った。

「慎はすごいやつだって思う。……それから、優しいやつやって思う」

クラスの中では一言も話しかけない海紘に、慎は何も言わなかった。グラウンドの端で、中庭の木の陰で、廊下の隅で、そういうところでしか声をかけてこない海紘の卑怯さに気がついていて。それでもいつも、うれしそうに笑ってくれた。

海紘はいつだって、その慎の優しさに甘えてばかりだったのだ。

「だから……慎はいいやつなんや」

「じゃあ謝らなくちゃ」

すみれはきっぱりと言った。

海紘は頭をぶんぶんと横に振った。キャップをぐっと深くかぶる。ぐす、としゃくりあげる声が聞こえた。

「……だって、雀、ぐちゃぐちゃになった」

今度こそ、慎は自分を許さない。

茜はうつむくままの海紘に、かける言葉が思いつかなかった。

「──お前、もう一度土を練ってみるか？」

遊雪の柔らかな声が響いた。

「それで器を作る。それかまた、雀を作ってもいい。それを一緒に慎に渡すんや」

遊雪が海紘の手を引いた。作業台の前に座らせる。隅に積まれていたコンテナから、袋を引っ張り出して、中に入っていた粘土の固まりをどさりと落とした。

ざっくりと練り上げてあるように見える。これが陶器の元になる土なのだとわかった。

海紘が戸惑《とまど》ったように、遊雪を見上げた。

「おれ、慎みたいに上手にできへん」

「そうやろうな」

遊雪が笑う。

「でも一生懸命作ることはできる」

丁寧《ていねい》に練り上げられた土で焼いた器には、心がうつる。そう遊雪は言った。

「慎のことを考えて作ったり。そうしたら、それは世界で一番きれいな器になる」

海紘はしばらくためらって、それからおそるおそる土に手を伸ばした。

それはとても神聖なものに触れるように、茜には見えた。

すみれがまっすぐに遊雪を見上げた。

「すみれも、やっていい？」

それから両手を遊雪に向かって突き出した。

「すみれも、きれいな器を作るんだ」

遊雪が右手で海紘の頭を、左手ですみれの頭をかき回す。

二人が一生懸命土を練っているのを、茜はじっと見ていた。すみれの小さな手が重い土をかき回す。海紘が細い腕で一生懸命力を込めている。

茜はいつの間にか、自分の手のひらを見つめていた。

ここから生まれる心もあるのだろうか。

ふと隣に視線を向けると、青藍が立ち上がって、同じように自分の手のひらをじっと眺めているのに気がついた。

「――土を練るのは、祈りに似てるとおれは思う」

遊雪が青いコンテナボックスを床に置いた。すみれや海紘に与えたものより白っぽい土の固まりが入っている。

「これはおれのやつ。磁器粘土いうて、磁器焼くのに使う」

遊雪は作業台に視線を投げた。

「あれ見てたら、おれも何か作りたなってな」

海紘とすみれは、時々顔を見合わせて笑っている。二人とも土のついたままの手で頰をこすったのだろう。顔中泥だらけだ。

「人が土を練る時は、大人でも子どもでも、みんな何かを作ろうとしてる時や。それは自分の心からしか生まれへんものやから」

遊雪の声が途端に熱を帯びた。

「――それがおれは、一番美しいと思う」

青藍が息を吞んだ。

茜は青藍を見上げた。筆を握りたくてたまらないという風に、指先を握りしめていた。

その瞳の奥に、ちらちらと炎が揺れている。

ああ、その目が好きだと茜は思う。

絵師の瞳だ。この美しい光景を瞳の中の炎で焼いて、その指先から生み出すのだ。

「茜、帰る」

「はい」

茜は余計なことを言わず、スマートフォンを引っ張り出した。陽時に教えてもらった番号がいくつか入っていて、その中にはいつもお世話になっている車を呼ぶものもあった。

「すぐ来ます。わたしすみれを待ってから帰りますね」

青藍がうなずいて、ふいに海紘のそばに歩み寄った。海紘が青藍を見上げて完全に硬直している。

八歳の子どもからすれば、見下ろされるだけでずいぶんな迫力なのだろう。

青藍は少し迷って、やがてぽつりと言った。

「……その、慎を、一人にしてやるな」

ぐしゃりと、一度だけ海紘の髪をかきまぜた。

青藍が車に乗って帰っていってしまった後。遊雪が重いものを吐き出すように、ふと息をついた。

「――青藍が初めて月白邸に来た時」

遊雪がどさりと、作業台に土を投げ出した。海紘やすみれとは違う、大きく力強い手が押しつぶすように土の形を変えていく。

「ほんまクソ生意気で、かわいくなくて――……すぐに普通やないってわかった」

青藍の絵の才は、幼い頃に鮮やかに花開いた。

「あの東院家から引き取ってきたガキやていうし、おれらに懐かへんし、中学上がったらますますひねくれてな」

青藍の学生生活が上手《うま》く想像できなくて、茜は不思議な心地だった。

「青藍さんにも、中学生や高校生の頃があったんですね」

「めちゃくちゃやったけどな」

遊雪が苦笑した。

出席もギリギリしか学校にも行かず、テストで適当に成績だけ取っては邸《やしき》に引きこもってずっと絵を描いていたそうだ。

「そのくせ頭のできも悪ないし、背も高かったし、目つきと愛想はあれやしで、クラスで浮かへんわけあらへんわな」

遊雪が土を練る手を止めた。

「それで、おれらお兄さんやし先輩やったから、これでも心配したってんや」

当時の遊雪は、陶芸家として歩き始めたばかり。周りにも同じような職人たちが集《つど》っていて、日銭を稼《かせ》いでは芸術に打ち込む日々で——要するに暇《ひま》だった。

すさんだ青春を送っていたらしい青藍に、友だちの一人でも作ってやろうと余計なお節介を焼いたことがあったそうだ。

暇な大人たちがかわいくない中学生を囲んで、根掘り葉掘り聞いた結果、鬱陶しそうによこされた視線と共に、青藍はぽつりと言った。

珍しく少し困っているように見えた。

——……クラスのやつらは、ぼくのことを普通やないて、そう言う。

茜の胸の内が鈍《にぶ》く痛んだ。

「あいつもどうしたらいいかわからへんて。そういう感じやった」

青藍もまた、普通から切り取られてしまった人だ。みなその才能に魅入《みい》られて、青藍をよってたかって高いところで一人にしてしまう。

それは茜には見ることのできない、美しい世界へたどり着いたものたちの境地で、でもとてもさびしいことを、茜は知っていた。

遊雪はタオルで手を拭《ふ》いて、棚へ向かった。途中すみれと海紘に声をかけて、あれこれとアドバイスをしているようだった。

その光景を見ながら、茜は無意識のうちに自分の胸をぐっと押さえていた。

青藍は、慎を一人にするなと言った。

それはまるで――……いつかの自分のことを言っているのかもしれなかった。

「茜ちゃん」

呼びかけられて茜は我に返った。遊雪がこちらに向かって紙袋を差し出している。中には遊雪に預けた、酒器の箱が入っていた。修理が終わったのだ。

「青藍に渡してほしい」

茜はうなずいて受け取った。

「……陽時も涼《りょう》も、同じことを言うたんかもしれへん。でも、おれからも頼むな」

胸は鈍く痛むままなのに、どこかほのかにあたたかいのは、茜が知ったからだ。陽時も遊雪も、かつて月白邸に住んでいたみな、青藍のことを心配している。

「――あいつ、一人にせんといてやってくれ」

茜は真っ直ぐに遊雪を見てうなずいた。

「わたし言いましたよ。青藍さんは、最初から一人じゃないです」

青藍は遊雪の器を一番美しいと言った。遊雪と酒を飲む月白《つきしろ》が楽しそうだったと言った。

懐かしそうに目を細めていた青藍の心の中には、確かに月白邸の日々が色濃く刻まれている。

遊雪はふと目を伏せて。そうして柔らかく微笑んだ。

「ああ、そうなんかもしれへんな」

「遊雪さんが来て、その酒器で一緒にお酒を飲めるなら、きっと喜ぶと思います」

遊雪がわずかに目を見開いた。茜の腕の中にある紙袋を見つめる。

「ああ。……おれも月を探しに行く」

遊雪は意味深《いみしん》に笑って、そう言った。

5

その夜。昼間はしゃぎ疲れたすみれが眠った後、風呂から上がった茜はキッチンに水を飲みに立ち寄った。

「——茜《あかね》」

「うわっ！」

明かりの消えたリビングから声がして、茜は飛び上がるほど驚いた。青藍《せいらん》がぬっと立っている。

「……何してるんですか」

「茜を待ってた」

遊雪《ゆうせつ》に継《つ》いでもらった酒器をたずさえている。

「肴《さかな》」

「そのために待ってたんですか？」

「お前が、酒の時は何か食べろて言うたんやろ」

あからさまにむっとした顔をするのが、なんだかおかしい。もう少し表情の乏《とぼ》しい人だったと思うのだけれど、茜が青藍の表情の細かい変化に気がつくようになったのかもしれない。

茜はくすりと笑って、キッチンに立った。

青藍は好き嫌いが多くこだわりも強いくせに、食事には興味がない。要するに嫌いなものは食べないし、何食抜いても平然としている。

母に料理を教わり、父の喫茶店で手伝いをしていた茜にとってみれば、信じがたい話だ。

足元のダンボール箱をのぞくと、北海道から届いたホタルイカの沖漬けが残っている。

封を切って、柔らかく練ったクリームチーズと共に小さな器《うつわ》に盛り付ける。ゆずの香りが豊かな千枚漬けと奈良漬け。卵を四つ使って、濃いめの白だしで味つけした出し巻き卵を作る。それを四分の一に切って、水気を絞った大根おろしを添えた。残りは明日の朝ご飯にするつもりだ。

茜の隣でいそいそと酒を温めていた青藍が、興味深そうにじっとのぞき込んでくる。食に興味はなく、料理などほとんどしたこともないくせに、その手順だけは物珍しいらしい。

手早く後片付けを終えた茜を見るや、青藍は熱燗《あつかん》と小鉢《こばち》をひょいひょいと盆に載《の》せた。

「来《き》い、茜」

茜はきょとんとした。これから一人で飲むのではないのか。不思議そうな顔をしたのがわかったのだろう。青藍は、ふと笑った。

「月を見せたる」

訪れた青藍の仕事部屋は、外と同じ気温だった。どういうわけか、部屋中に冷気が染《し》み入《い》っている。

「寒……」

茜は思わず身震いした。

理由はすぐにわかった。奥のふすまが開け放たれている。仕事部屋から続くそこは、青藍の私室だ。端に布団が寄せられていて、縁側に繋《つな》がる窓も障子《しょうじ》もすべて引き開けられていた。

縁側の向こうには、夕方になってちらりちらりと降り出した雪が地面を覆っている。

「寒いの苦手なのに、どうして開けっぱなしにしてるんですか」

茜は恨《うら》みがましそうに、縁側に盆を置いた青藍を見上げた。ばさりとよこされた毛布を体に巻き付ける。吐く息は白くけぶった。

青藍が笑う気配がした。

「月が見える」

「見えませんよ。曇り空です」

積もるほど雪が降っているのに、月など見えるはずがない。茜がそう言うと、青藍はいいからと茜を手招いた。

そっと宝物を触るように、箱から月雪花の酒器を取り出す。

真っ二つになった猪口《ちょこ》は、割れた部分が漆《うるし》で接着され、金粉で飾り付けられている。その部分が猪口の底にもやのように広がっていた。

青藍が、酒を注ぎ入れた。発酵した米の香りがする。

青藍が、どこか得意そうに茜にそれを差し出した。

「……わぁ！」

茜は息を呑んだ。

猪口の底に、ぽかりと丸い月が浮かんでいた。金継ぎされた金粉のもやが、雲の代わりに月を柔らかく包んでいる。

それは雲の隙間《すきま》から姿を見せた美しい満月だった。

「底をほんの薄く彫り込んで、水を入れると陰影がつくようにしたある」

月と雪と椿《つばき》と、美しいものをすべて押し込めた至高の器だ。茜は酒の底でゆらゆらとたゆたう、その月にじっと見入った。

「きれいですね……」

美しいものは、ただ美しいとしか言葉にならない。茜は月白邸《つきしろてい》に住むようになって、それを思い知った。

青藍は機嫌良く笑って、その酒を飲み干した。

「なんだか、月を飲んでるみたいで贅沢《ぜいたく》です」

茜がそう言うと、青藍が珍しく声を上げて笑った。

「『雪月花時最憶君』」

青藍の低い声が静かな庭に響いた。

──雪月花の時、最も君を憶《おも》う。

美しい自然の情景を眺めている時、離ればなれになった友を想う。

それは失ってしまった大切な人のことかもしれなかった。

青藍がふ、と振り返った。そこには、花のない桜の木があった。

障子二枚分ほどの大きな絵だ。木の板に水張りされたままのそれは、月白《つきしろ》が死んでからずっと未完のままだった。

黒々とした細い桜の木が、空に向かって枝を伸ばしている。

青藍が祝い箸の袋にも描いたこの桜は、青藍自身だ。

孤独なこの桜の絵は、月白が青藍に遺《のこ》したものだった。

この冬、その桜にいくつか描き足されたものがある。枝で身を寄せ合っている二羽の雀《すずめ》と、根元で背筋を伸ばしている、金色の毛並みの猫。そしてくるりと丸まって尾を振っている子犬だ。

雀は茜とすみれ、猫は陽時《はるとき》、犬はかつてここに住んでいた青年、涼《りょう》だった。

茜は桜の枝の先に、新たに何かが描き加えられているのに気がついた。まだ絵具が乾いていないのだろう。艶《つや》めいた光を反射している。

鋭い目でぎらりと空を睨《にら》んでいるのは、一羽の鷲《わし》だった。

「遊雪さんですか？」

そう問うと、青藍は答えないまま酒をあおった。鷲の睨む空の先を見つめて、青藍はふ、と息をついた。

「いつも、ぼくより……ずっと遠くを見たはる」

遊雪は美しさの先を今でも追求し続けている。青藍はどこか置いてきぼりを食ったように、その目を鷲から逸《そ》らした。

茜はなんとなくわかってしまった。

青藍は自分一人が取り残されていることに、ずっと気がついている。月白がいなくなってからずっと、同じところで立ち止まり続けていた。

青藍が遊雪に向けた苛立《いらだ》ちは、青藍が自分自身に持つ苛立ちと、同じなのかもしれないと茜は思う。

でもそれがなんなのだと、茜は立ち上がった。

「ゆっくり行けばいいんですよ」

見上げた絵の中、花の咲かない桜の木には、いつだって雀も猫も寄り添っている。振り返って、茜はそれを指して笑った。

「青藍さんには、陽時さんとすみれと、わたしがいますよ」

この人はいつだって勝手に一人になろうとするから。時々言葉に出してそう伝えなくてはいけないのだ。

青藍はその孤独な獣の目をわずかに見開いて。無言で猪口の酒をあおった。

よく見るとその口元にうっすらと笑みが浮かんでいる。

まんざらでもないのだろう。茜はふふ、と笑って、そう思っておくことにした。

二　雪の舞扇子

1

一月も終わりにさしかかろうというその日。冬のさなかには珍しく、十五度を超える春の日和《ひより》になった。

月白邸《つきしろてい》の渡り廊下は、細い塀《へい》に屋根がついたような形をしている。その塀の所々に窓や扉が造られていて、天気のいい日にはそれを開け放して邸《やしき》に風を通すのだ。

渡り廊下の立て付けの悪い扉を、また一つ引き開けて、茜《あかね》は目をみはった。

引き戸の目の前には梅の木が、透き通るような淡い白の花をつけている。時季としては少し早いから、早咲きの品種なのか、それともあたたかな気候にかんちがいしてしまったのだろうか。

どちらにしろ、春が少しずつ近づいてきているような気配がして、茜は顔をほころばせた。

「——茜ちゃーん！　行ってきます！」

すみれの声が聞こえて、茜は渡り廊下からあわてて母屋《おもや》へ戻った。

玄関の引き戸を半分開けて、すみれが待っていた。茜とおそろいの白色のパーカーに、ピンク色のポシェットを下げている。歩いてすぐの、児童館に遊びに行くのだ。

「行ってらっしゃい」

茜が笑って手を振ると、すみれは大きくうなずいて、高く一つにくくった髪をぴょこっと揺らしながら駆けていった。

すみれはもともとお姉ちゃん子だ。物心ついた頃に母が亡くなったこともあるのだろう。去年の春まで住んでいた上七軒《かみひちけん》では、近所の幼稚園に通ってはいたものの、外で遊ぶより、茜と一緒に店の手伝いをしていることの方が多かった。

小学校に上がって、叔父《おじ》の笹庵《ささあん》の家で暮らすようになってからは、ますます茜にべったりで、こうやって外に出て遊ぶようになったのは、岡崎《おかざき》の月白邸に来てからだ。

だからすみれが笑顔で外を駆け回っているのがうれしい。けれどその反面、最近はなんだかまぶしくて、見ていられないような気持ちになることがある。

茜は小さく嘆息《たんそく》して、リビングに戻った。

ソファでは、今朝もすみれにたたき起こされたらしい青藍《せいらん》が、毛布にくるまってもぞもぞと眠っている。収まりきらなかった長い足が、ソファからはみ出していた。

その向かいでスマートフォンを触っていた陽時《はるとき》が、ひょいと顔を上げた。

「茜ちゃんも、遊びに行ってきたら」

茜はきょとんとした。

「大丈夫ですよ。今日はあと、シーツのお洗濯なんかをする予定です」

これだけ天気がいいのだ。せっかく学校が休みなのだから、できることはやっておきたい。そう思っていたのだが、陽時がうーんと小さく唸《うな》った。

「じゃあ、買い物に行くのは？」

「食材の買い出しは夕方にしようかって思ってますけど」

違う違う、と陽時が首を横に振る。

「そうじゃなくてさ。河原町《かわらまち》とか京都駅《きょうと》とか」

茜は首をかしげた。どうも話が見えない。街中には特に用事がないと言うと、陽時が困ったように形のいい眉をへにゃりと下げた。

「――……んー、茜ちゃんさ、お年玉まだ使ってないでしょ」

年始に青藍と陽時から、すみれと茜に一人ずつお年玉をもらった。手触りのいい和紙のぽち袋には祝い箸《ばし》と同じように、青藍が雀《すずめ》の小さな絵を描いてくれたのだ。

ともかくそのお年玉は未《いま》だ、大切に離れの引き出しにしまってあった。

茜は曖昧《あいまい》に笑った。

「ええと、いただいたお年玉は貯金に回そうかと思っていて……」

茜とすみれの経済事情は、決して褒《ほ》められた状態ではない。

父の保険金と貯金が少しある程度で、店を売ったお金は茜たちの手には残らなかった。結局、二人分の私立校の授業料と生活費のほぼすべてを、今の保護者である青藍が出してくれている。

小学生のすみれはともかく、この状況でお年玉をお小遣《こづか》いだと安易に使うことは、茜にはできない。

茜のそんな気持ちを見透かしたのか、陽時がふ、と笑った。

「茜ちゃんがしっかりしてるのはわかってるよ。だけどたまには欲しいもの買うのもいいんじゃない」

茜は虚を衝《つ》かれたように唇を結んだ。欲しいもの、と鸚鵡返《おうむがえ》しにつぶやく。

前はたくさんあったような気がする。林檎《りんご》の柄のかわいいポーチ、雑貨屋で売っている小さなミラー、中学の友だちが勧《すす》めてくれた三部作の恋愛小説に、クラスで流行《はや》っていたアイドルグループのＣＤ。

けれどそれは、去年の春ですべて吹き飛んだ。

そこからは日々をどうにか過ごしていくので精一杯だった。

欲しいもの、やりたいこと――誰かと遊びたいということも、ずっと遠くの、自分とは関係ないところにあるような気がしている。

戸惑《とまど》ったように口をつぐんでしまった茜に、陽時がことさら明るい声を上げた。

「じゃあアクセサリーとかコスメは？　ちょっと贅沢《ぜいたく》して百貨店で高いグロス買っちゃうとか。おれ、一緒に行って選ぼうか？」

……この人なんだか手慣れている。

茜はそう口に出しそうになって、すんでのところで飲み込んだ。

百貨店の化粧品フロアなんて、高校生の茜はもちろん、陽時のような男性にだって入りにくい場所のはずだ。

そう思ったのは茜だけではなかったらしい。

「慣れてんな、お前」

のそりと起き上がった青藍にじっとりとした目を向けられて陽時は苦笑した。

「買い物、よく付き合うからね」

誰の、とは言わずさらりとかわしておいて、陽時は続けた。

「茜ちゃんが興味ないならいいし、無理強《じ》いはしないよ。だけどさ、茜ちゃんももっと自分の生活を楽しんだっていいんじゃないかって、おれは思うわけ」

それを聞いた青藍が何かを考え込むように、すっと目を細めた。やがて、その鋭い瞳が茜を見上げる。

「……食事なんかだれかに頼んだらええ」

茜の胸がずきりと痛んだ。突然突き放されたような気がしたからだ。無意識に両手を握り合わせる。喉《のど》の奥からこぼれた、息を呑む音が聞こえたのだろうか。青藍と陽時が同時に目を見開いた。

陽時があわてて長い足を伸ばすと、ソファの向かい側に座っていた青藍を蹴りつけた。ガッとにぶい音がする。

「馬鹿、下手《へた》なんだよお前は」

青藍が舌打ち交じりに陽時を見やって、やがてぼそぼそと付け足した。

「……別に茜が全部やる必要あらへんて、そういう意味や」

これで青藍なりに、ずいぶん言葉を選んだつもりなのだろう。指先であれほど美しい絵を描いておいて、こういうところは不器用だ。

だが手を離されたわけではないとわかって、茜はほっと息をついた。

——でも確かに、青藍や陽時の言う通りかもしれない。

すみれはちゃんと前に向かって進んでいる。茜だけが、父が死んだ春から立ちすくんでしまっているようだった。

「すみません……がんばりますね」

それ以上踏み込まれるのがどうしてだか怖くなって、暖簾《のれん》をくぐり逃げるようにリビングから駆け出した。

陽時の気遣わしげな表情も、青藍の押し隠しているようで心配そうな瞳の色にも、茜は気がついている。

この人たちは優しい人たちだ。茜が前を向くことを望んでくれている。

すみれと同じように——失ったものを飲み込んで、ちゃんと進んでいかなくてはいけないのだ。


リビングから駆け出していく茜の背を見つめて、青藍と陽時は、無意識に詰めていた息を吐き出した。

「……おれ、しくじったかな」

陽時がぽそりとつぶやく。あんな顔をさせるつもりじゃなかったのに。

食事も家事も無理する必要はないと言った瞬間の茜の顔は、青藍の胸の奥にも苦いものを残した。

いつも穏やかな茜の黒い瞳が、あっという間に光を失った。自分では気づいていないのだろうか。がんばりますと言った口元だけが不自然に笑みを浮かべていて、あんな顔は心臓に悪いと、陽時がぐしゃりと髪をかきまぜた。

　青藍はちらりと向かいの金髪を見やった。

「ずいぶん気に入ってるんやな、茜とすみれのこと」

　この昔馴染《むかしなじ》みは、誰彼構わず無作為に愛情を振りまくように見えて、誰よりもそれから遠いところにいると青藍は知っている。

　陽時は困ったように笑った。

「最近さあ、月白《つきしろ》さんの気持ちがちょっとわかる」

　来る者拒まずで邸に住まわせて、積極的に面倒ごとを引き受けていた青藍の師だ。

「なんていうか、健《すこ》やかに楽しく生きていってほしいんだよね、二人とも」

　学校生活を楽しんで、友だちと喧嘩をしたり、出かけたり、好きな本を読んだり、映画を見たり、旅行に行ったり、恋をしたり。

　日々を慈《いつく》しんでただ謳歌《おうか》してほしい。

　陽時の瞳が、きゅうと細められる。

「――おれたちみたいには、ならないように」

　そうしてこの優しい友人はちゃんと知っている。己《おのれ》も青藍も、それぞれ暗くさびしいところであがいているのだと。

青藍にとって月白の喪失はきっと一生埋まらない。陽時も同じだ。

そしてあの子たちも、また大きなものを失った。

「無理にがんばってほしいわけじゃないんだよ……」

陽時が落ち込んだようにそう言うのを聞いて、青藍は深く嘆息した。

茜は真面目《まじめ》で素直で、たぶん少し不器用だ。

妹が幸せになるようにと常に願っているくせに、自分の幸せをすっかりどこかへ置き去りにしてしまっている。いつも気を張って一人で抱《かか》え込んで、隠し事が下手なくせに大丈夫だと笑ってみせる。

その向こうに、きっとたくさんのものを押し隠して。

陽時がうん、とソファで伸びをした。

「おれら学校の先生か、そうじゃなかったら子育てに悩むお父さんって感じだな」

青藍は腕を組んで、ふんと鼻を鳴らせた。

「……ずいぶんおこがましい話やな」

そう言うと、陽時が答えないまま、うっすらと唇をつり上げた。

彼女たちの保護者を気取るには、自分も陽時も足りてないものが多すぎる。

それでも引き受けると決めたのだ。月白がいつかの自分たちを拾い上げてくれたように。いびつで不完全かもしれないけれど、彼女たちと家族として生きると決めたのだから。

茜の通う御所南《ごしよみなみ》の高校は、大学附属の中高一貫私立だ。そのせいか、校風は比較的自由でどこかおっとりとしている。すぐ隣には、すみれの通う初等部も併設されていた。

茜はクラスに数人しかいない、高等部からの入学組だ。それも入学式直後という中途半端な時期に転校してきたからか、最初はずいぶん物珍しい目で見られた。

放課後、授業が終わったばかりのクラスの中は騒がしかった。部活に行く者、これから遊びに行く者、友だちと話す子たちとそれぞれが楽しそうに過ごしている。

ふいにドアの前の会話が耳に飛び込んできた。

「――七尾《ななお》さんとかは？」

クラスの中でも派手な子たちのグループが、じっとこちらを見つめている。ヘアアイロンで丁寧に外はねにされた髪に、色違いのリップが彼女たちの唇を彩っていた。どうやら一人足りないカラオケのメンバーを探しているらしい。

うちの一人が、肩をすくめた。

「あかんて。あの人忙しいんやろ。誘っても無駄やって」

彼女たちが廊下に消えていって、やがてひそやかな話し声が聞こえてくる。

「——誰かと遊んでるとこ、見たことないやんな」

ふふ、と誰かの笑い声が響いた。

茜はきゅう、と唇を結んだ。

茜の学校生活は穏やかだ。誰とでも話す。頼まれれば断らない。クラス委員の仕事も積極的に引き受ける。疎《うと》まれることもなくて、誰とでも平等に距離がある。

平和で穏やかで——……少しさびしい。

茜は本当は中学校と同じ、上七軒の近くにある公立高校に行くはずだった。受験も終わって制服ももらって、ぎこちなくも新しいクラスに馴染み始めた頃。

父が亡くなり、茜は笹庵の家に引き取られた。

——御所南の叔父の家は、絵師を輩出する東院《とういん》家の分家だった。瑞々《みずみず》しい笹が茂る庭を持っているから、笹庵という屋号で呼ばれていた。

茜の父、樹《いつき》はその笹庵の長男だった。家を捨てて母と駆け落ち同然に出ていった父を、弟である叔父は、今でも毛嫌いしている。それでも茜とすみれを引き取ってくれたのは、血の繋《つな》がりのある人間を放っておくことができないという、義務感だったのだろう。

この学校は、その叔父の選んだ学校だった。

茜とすみれはあの笹庵の静寂《せいじゃく》の邸の中で、半年間を過ごした。

今でも時折、わざと聞こえるようにささやかれた口さがない噂《うわさ》を思い出す。

――どこの者とも知れん娘さんと、出ていったんやて。

――東院の家を捨てて……。

――樹くんは、笹庵の間違いや――……。

押しつぶされそうな静けさと、ことあるごとに耳にする父と母への心ない言葉から、茜はすみれを守るので精一杯だった。

だから自分の学校生活も、楽しみも、友だち作りだってずっと二の次だったのだ。転校してきて半年以上、未だにこの学校に馴染みきれないのはそのせいかもしれなかった。

――放課後、初等部にすみれを迎えに行くのが、転校してからずっと茜の習慣だった。

ボール避けの高いネットの向こう、グラウンドの真ん中をすみれが走り回っている。

コオリオニだろうか。足の速いすみれがオニになって、グラウンド中を駆け巡っては、生存者の背中をタッチしていた。

きりの良さそうなところで、茜はグラウンドに向かって声をかけた。

「すみれ！」

すみれがぱっと顔を上げた。何度か転んだのかもしれない、今朝着ていった花柄のワンピースも、その下にはいているデニムも土で汚れていた。

「茜ちゃん！」

すみれがへへっと笑う。茜は無性にその小さな手を握りしめたかった。

「帰ろうか」

そう言うと、すみれが首を横に振った。

「茜ちゃん、すみれ、もうちょっと学校にいる」

「え……帰りどうするの？」

「ミツキくんとこのママが、一緒に帰ってくれるって」

いつも児童館で遊んでいるメンバーだ。家が近くのもの同士で一緒に帰るのだろう。

「すみれちゃーん！」

すみれの後ろから、何人かの声がそろってすみれを呼んだ。

「今行くー！」

あっと思う間もなく、すみれがぴょんっとくくった髪を揺らせて走っていった。

唖然としたまま、茜はその背を見送った。伸ばした手をきゅっと握りしめる。

地下鉄に乗って東山《ひがしやま》駅で降りる。夕日に照らされる平安神宮《へいあんじんぐう》の巨大な鳥居を、茜は一人でくぐった。

いつもすみれと繋いでいた手が、今日はひどく冷たく感じられて、茜は無意識のうちに握り込んでいた。

――茜ちゃんも、もっと自分の生活を楽しんだっていいんじゃないかって思うわけ。

陽時の声が、耳の中で響く。

すみれは父の喪失からも、笹庵の静寂の毎日からも前に進んでいる。

立ち止まっているのは、自分ばかりだ。

茜は平安神宮の朱色の鳥居も、美しく染まる黄昏《たそがれ》の空も目に入らなかった。アスファルトの黒だけを瞳の奥に焼き付けるように、帰りを急ぐ。

焦燥感《しょうそうかん》が胃の底でじりじりと燻《くすぶ》っていた。

2

二月の初旬、本格的に紅梅と白梅が花をつけ始めた。

空に向かって伸びる細い枝にふっくらとした花が開く様は、ころころと珠《たま》が連なっているようにも見える。甘い香りが風に混じって、淡い春の訪れを実感させた。

――見汐朝日《みしおあさひ》と名乗る女性が月白邸《つきしろてい》を訪ねてきたのは、朝の片付けも終わり、すみれが児童館へ遊びに出ていった頃だった。

「突然お訪ねしてすみません」

使い込んだクロスバイクから下りた彼女は、茜《あかね》に小さく会釈《えしゃく》した。

朝日は、茜より二つ、三つ年上のように見えた。顔が小さく目尻がキリッと上がっている。短く切りそろえられた黒髪と、赤いリップの簡単な化粧だけで、はっと惹《ひ》きつけられるような魅力があった。

ライダースジャケットにボディバッグ、ぼろぼろのデニムの、膝《ひざ》に大きく開いた穴からは、すらっとした足の白い肌がのぞく。

茜もあわてて頭を下げた。青藍《せいらん》の仕事相手かもしれないからだ。

「青藍……じゃない、春嵐《しゅんらん》さんを呼んできますね」

不思議そうな顔をしたのは、朝日だった。

「春嵐って、誰ですか?」

きょとんとしたのは茜も同じだ。ここを訪ねてくるのは、たいてい絵師である春嵐に用のある人だからだ。

「ここって、扇子屋《せんすや》の『結扇《ゆいせん》』さんですよね。あたし、月白《つきしろ》さんという人に会いに来たんです」

朝日の言葉に、茜は今度こそ息を呑んだ。

――茜は茶と茶菓子を載《の》せた盆を持って、障子《しょうじ》をそっと開けた。客間は重い空気に包まれている。

朝日の前に座った陽時《はるとき》が、どこか困ったようにまなじりを下げていた。その隣では青藍が、不機嫌そうに眉を寄せて茜の出した茶に手を伸ばす。

――月白は死に、結扇は畳んだ。

そう告げると、朝日は沈痛そうな面持《おもも》ちで息をついた。

「……すみません、ちゃんと調べてくれば良かったのに」

朝日の言葉の端々《はしばし》には妙なイントネーションが残っている。語尾を柔らかく延ばすそれは、関西の言葉ではないように茜には聞こえた。

茜がその場を辞そうとすると、陽時に引き留められた。

「茜ちゃん、良かったらここにいてくれない」

ちら、と陽時の視線が青藍に向く。人嫌いで訪問者の対応もいつも茜に投げっぱなしの青藍が、珍しくおとなしく座っている。その額《ひたい》がぎゅうと引き絞られているのが見えて、茜は苦笑した。

月白のことは気になるけれど、知らない人間の前からさっさと立ち去りたいという気持ちが、青藍の眉間《みけん》の皺《しわ》にありありと表現されている。

「お邪魔でなければ……」

茜は朝日に伺《うかが》うようにその場に座り直した。不思議そうにこちらを見ている朝日に、盆を置いて頭を下げる。

「わたし七尾《なな お》茜といいます。高校生です。月白邸に住まわせてもらっていて、青藍さんのお手伝いをしています」

陽時に頼まれて、人に会いたがらない青藍をなんとか外に引っ張り出すという謎めいたアルバイトを、これまでにも何度か受けたことがある。

「茜ちゃんがいないと、青藍が暴れちゃうんだよね」

冗談めかしてそう言う陽時を、青藍がじろりと睨《にら》み付けた。大きくため息をついて、いやいや朝日に向き合う。

「……それで、月白さんになんの用やったんや」

朝日が一つうなずいた。

「舞扇子を探しているんです。結扇の月白さんが手がけた扇子だったと聞きました」

舞扇子とは、日本舞踊で使う扇子のことだ。

朝日は今、麩屋《ふや》町通《ちようどおり》にある日本舞踊の教室で手伝いをしているのだという。その日本舞踊において、扇子は欠かせない道具の一つだとされていた。

「うちって、日舞《にちぶ》の舞扇子なんか卸《おろ》してたことあったっけ」

陽時が首をかしげて、青藍を見やった。結扇が主《おも》に扱っていたのは、茶道《さどう》で使う扇子か季節や干支絵《えとえ》などの飾り扇子だ。舞扇子はもっと大ぶりで、大きさも間数《けんすう》と呼ばれる骨の数も違う。

「数を作ってたいう話は聞いたことあらへんけど……」

青藍が腕を組んで言った。詳しいことは、結扇の頃の帳面を見ないとわからないと、億劫《おっくう》そうに付け加える。湯飲みから茶をすすって、朝日をじろりと見やった。

「どんな扇子なんや？」

「わからないんです。ただ、美しい雪の扇子だった、とだけ」

そこで初めて、ずっと笑みを浮かべていた朝日の顔が、わずかに曇ったような気がした。

「おばあちゃんから、聞いたんです」

そうして、ぽつりと付け加えた。

「……死んじゃったんだけどね——……」

ほうじ茶の芳《かぐわ》しい香りの中に、静寂《せいじゃく》が満ちた。朝日の瞳の中に哀《かな》しさが揺れる。けれど茜は、瞬《まばた》き一つの間に、朝日がそれを押し隠したのがわかった。

朝日は山形《やまがた》で、祖母と二人で暮らしていたそうだ。昨年祖母が亡くなって、京都へやってきたという。朝日の言葉の端々ににじむ、柔らかなイントネーションは東北のものかもしれなかった。

朝日は写真を一枚、畳の上に置いた。

「おばあちゃんは昔、京都に住んでたことがあって――……」

端が焼けた古い白黒写真だった。祖母の写真だと朝日は言った。

「『あき花《はな》』って名前の芸妓《げいこ》さんだったそうです」

写真には番傘《ばんがさ》を差した女性が一人写っていた。顔を白く塗り、唇には濃く紅を引いている。茜も上七軒《かみひちけん》で何度も見たことのある、芸舞妓の姿だった。

写真の背景はどこかの茶屋の前だろうか。少し首をかしげて伏せがちの瞳を揺らめかせて微笑む姿は、凛《りん》とした美しさがある。

茜にとっての舞妓や芸妓たちは、上七軒を鮮やかに彩る美しい人たちだった。

茜と同じ年頃の少女であるはずなのに、ずっと大人びていて達観しているように見える。髪の一筋から指先までが美しく、その紅を引いた唇で「喫茶店のお姉さんやね」、と柔らかく呼びかけてもらえると、それだけで心が躍《おど》るような心地がした。

「きれいな人ですね」

そう言うと、朝日がうれしそうに微笑んだ。

「街で一番の芸妓だったんだって、おばあちゃんも自慢してた」

月白と芸妓あき花はある座敷で出会った。それから贔屓《ひいき》にしてもらい、よく座敷に呼んでもらうようになったそうだ。

「月白さんて、花街《かがい》では評判のお客さんだったらしいんだ。遊び方も上手だし羽振りもいいし。芸妓さんたちにも人気があったんだってさ」

朝日がイタズラっぽく笑う。

茜はおお、と目を丸くした。

京都の花街で上手に遊ぶのは、とても難しいという。独特の様式や決まり事をたくさん守らなくてはいけないからだ。

「すごい人だったんですね、月白さんて」

茜が隣を見ると、青藍があぐらをかいた上に突っ伏していた。地を這《は》うような声でつぶやく。

「……何やったはったんや、あのじいさん」

「賑《にぎ》やかなのが好きだったからね」

陽時が苦笑する。

その頃、扇子屋「結扇」は代替わりを迎えていた。月白がまだ三十代にさしかかったばかりの頃——四十年も前の話だ。

月白が扇子屋「結扇」を継ぐにあたって、座敷に取引先を呼んで盛大なお披露目《ひろめ》の宴会が開かれた。その時に呼ばれたのがあき花たちだ。集まった芸舞妓たちに月白はそれぞれ、舞扇子を渡した。

これで一差し舞ってくれ、と。

細長い桐《きり》の箱に入っていて、蓋《ふた》を開ける前から特別なものだとわかったそうだ。丁寧《ていねい》に一本一本削られた骨は艶《つや》をもち、きりりと結ばれた要《かなめ》は鯨《くじら》のひげでできていた。舞いやすいように鉛《なまり》の仕込まれた舞扇子は、手に持つと不思議としっくり馴染《なじ》んだという。開くと真っ白な、雪の柄だった。

「——揺らすと本当に雪が降るみたいな、きれいな扇子だったんだって、おばあちゃんが言ってたんだ」

芸舞妓たちがそろって揺らすと、一面に雪が舞い踊るようだった。

茜は想像して、ごくりと息を呑んだ。

三味線と琴の音《ね》が響く中、鮮やかな着物を纏《まと》った芸舞妓たちがゆらゆらと扇子を揺らす。そこからこぼれるように雪が舞い、やがて風にあおられて巻き上がる——。

それは、どれほどに美しいものだったのだろう。

隣で、ふ、と息をつく音がした。茜はちらりと横を向いた。青藍だ。

その瞳の奥が輝いている。ちらちらと炎が踊り、獣の瞳がきゅうと色を深めた。同じ光景を想像したのだと、すぐにわかった。

「青藍も興味出てきたっぽいね」

にやっと笑った陽時を、青藍が舌打ち交じりに睨み付けた。

「朝日ちゃんは見たことないの？」

陽時がそう問うと、朝日は首を横に振った。

もうずいぶん前のことだ。あき花はその後、芸妓を引退して故郷である山形で日本舞踊の教室を開いた。扇子はその数度の引っ越しのうちに、どこかにやってしまったという。

青藍が口元に指先をあてて、ふうんと小さく唸《うな》った。

「何人かの芸舞妓に同じものを配ったとしたら、月白さんが直《じか》に描いたんやないやろな。

──ツキバンか」

ツキバン、と茜と朝日が同時に首をかしげた。青藍はどこか遠くを見つめているような、熱に浮かされた瞳で、ぽつぽつと教えてくれた。

「ツキハンとか版木づきとか呼び方はいろいろあるみたいやけど、月白さんはつき版《ばん》て呼んだはった。木の判子みたたいなものを使《つこ》て、同じ模様の扇子をたくさん作るやり方や」

扇の柄を直接描き込むのではなく、版画や判子のように、模様の彫り込まれた木に絵具をつけて押し当てる方法だ。今では印刷が主流になったが、結扇では店を畳む直前までこのつき版の扇子を作っていた。

「もし月白さんが使たはったもんやったら、うちに残ってるかもしれへん」

どことなくそわそわした様子で青藍がそう言った。もしそうなら、同じものを作ることができるかもしれない。

「良かったですね、朝日さん」

茜がそう言うと、朝日がどこかほっとしたような顔で笑った。青藍がむっと眉を寄せる。

「待て、ぼくはまだ探すとは言ってへん」

あんなに美しいものに飢えた瞳をしておいて、今更何を言っているのだろうか。

「青藍さんは見たくないんですか？　月白さんの扇」

茜は、もう見てみたくてたまらない。

手のうちで揺らすと雪が舞い踊るように見える、その美しい扇を。

青藍が苛立《いらだ》たしげにくしゃくしゃと自分の髪をかきまぜた。湯飲みの茶をひと息に飲み干して無言で立ち上がる。

「……気が向いたらな」

青藍はさっさと客間から出ていった。廊下を歩く足音が遠ざかっていく。あれは仕事部屋に向かっているのだろう。心なしか早足に聞こえた。

あっけに取られている朝日を前に、陽時がひらひらと手を振った。

「大丈夫。あれは引き受けたってことだから」

「……変わった人ですね」

朝日が首をひねりながらつぶやいた。

茜は肩を震わせて笑った。たぶん今頃青藍は、仕事部屋や倉庫あたりをひっくり返しているだろう。

あの人は月白の作った美しいものを、己《おのれ》の目で確かめたくてたまらないのだ。

「あれは大好物を前にした、子どもって感じです。でもがっつくのはちょっとかっこ悪いから、気のないふりをしてみてるんです」

朝日がふふっと笑みをこぼした。

「茜ちゃんは久我《くが》さんのことよく見てるんだね。あたしには、最初からずっと変わらないように見えた」

「そうですか？　結構感情豊かなんですよ、青藍さん」

隣で噴き出したのは陽時だ。

「そんなこと言うの、たぶんこの世で茜ちゃんぐらいだよ」

茜はそれが不思議だった。表情の変化は読み解きにくいけれど、その代わり青藍の瞳はとっても雄弁《ゆうべん》だ。

美しいものを見る時には、子どものようにきらきらと輝いて見える。集中する時にはその濃い瞳の色が、深淵《しんえん》をのぞくようにぐっと深まるのだ。

四季が移り変わるように、青藍の瞳は感情で色を変える。それが茜には、くるくると色を変えるきれいな宝石のように見えてたまらない。

ずっと見ていたいと、そう思うくらいに。

「茜ちゃんは久我さんの妹さん……じゃないか。住まわせてもらってるって言ってたね」

朝日に問われて、茜はうなずいた。

「妹と二人で、月白邸に居候《いそうろう》させてもらってるんです」

茜はぽつぽつと、両親が亡くなって姉妹で引き取られたことを話した。朝日がそう、とわずかに目を細める。その瞳の奥はじっと凪《な》いでいた。

「じゃあ、あたしとおそろいだね」

朝日の両親は幼い頃に離婚したそうだ。朝日は母に引き取られたが、その母もそのうち、朝日を祖母に預けて、別の男と出ていった。

朝日は、それから山形市内で日本舞踊の教室を経営していた祖母の弟子として、ともに暮らしていたという。

けれど一年前の冬、正月を過ぎた頃に朝日の祖母は亡くなった。

「途方に暮れちゃってさ……すごくさびしくて。おばあちゃんが昔住んでた京都に行ってみようって思ったの」

茜は唇を噛んでうつむいた。その感覚は茜にも覚えがある。母が病気で死んだ時、去年父が亡くなった時、心に突然ぽかりと開いたあの寒々しさは忘れられない。

茜はなんと答えたらいいのかわからなくて、じっと黙り込んだ。

居心地の悪い沈黙がしばらく続いた後、それを柔らかく破ったのは陽時の優しい声だった。

「そっか、じゃあ朝日ちゃんはおばあちゃん子なんだ」

陽時がさらりと笑う。こういう時、気を回しすぎず傷つけず、そつなく受け答えできるのが、茜は素直にすごいと思う。

朝日がわずかに目を細めた。

「そう、うん……そうかな。おばあちゃんのことは、大好きだった」

祖母のことを話す時だけ、朝日の瞳にほんの一瞬哀しみが揺れる。

「おばあちゃん、やっぱり芸妓時代が一番の思い出だったみたいでさ。月白さんの雪の扇子の話なんか、何十回も聞いたんだよ」

朝日が、ふと目を伏せて自分の手のひらを見つめた。

「そしたら、あたしもその扇子で、踊ってみたくなっちゃった」

朝日のその笑顔は、前向きに笑う時のすみれとよく似ている。

「だからあたしと茜ちゃんはおそろい。お互い大変だけど、がんばっていくしかないよね」

朝日は祖母のことも両親のことも飲み込んで、新しい土地で居場所を見つけて暮らしている。すみれも同じ、ここから先へと進んでいこうとしている。

じり、と腹の底が焦《こ》げ付くような焦燥感《しょうそうかん》に、茜は無意識のうちに手を握りしめていた。

ふと時計を見た朝日があわてて立ち上がった。

「――ごめん、あたし帰らないと。同居人が帰ってきちゃう」

陽時が連絡先を交換するために、スマートフォンを引っ張り出す。

「誰かと住んでるんだ」

「彼氏です。京都に出てきてすぐ、京都駅で声かけてくれて。今はそいつのところに転がり込んでるんです」

お金がなかったから、と朝日はライダースジャケットを羽織って肩をすくめた。

朝日は今、そこで暮らしながら、祖母の後輩であった日本舞踊の師匠を見つけて、麩屋町通で教室の手伝いをしているそうだ。

玄関でごついスニーカーに足を突っ込んだ朝日が、靴紐《くつひも》を結ぶためにかがみ込む。デニムの裾《すそ》をまくり上げた朝日に、陽時がわずかに目を細めた。

「朝日ちゃん、それ怪我？」

朝日が自分の足に目を落とした。デニムの裾からのぞく朝日の白い足首に、赤と青が混じり合った痕《あと》が残っている。

「うん。昨日アパートの階段で転んだんです。それでひねっちゃった」

靴紐を結んで、朝日はさっさと立ち上がった。まるで隠すように見えたのは、茜の気のせいだろうか。

「痛くないですか？」

茜が問うと、朝日はめいっぱいの笑顔で答えた。

「――大丈夫だよ」

ほんの一瞬だった。

今まで穏やかに凪いでいた朝日の瞳が、ふと暗くよどんだように茜には見えた。

勢いをつけた朝日のクロスバイクが、月白邸の白い塀《へい》に沿って遠ざかる。陽時がその先をじっと見つめてつぶやいた。

「あれ、普通転んでひねってできる痣《あざ》じゃないよね……。はっきりとはわからなかったけど、手のひらの形にも見えた」

つまり誰かに思い切りつかまれたということだ。茜は背筋に寒いものが駆け上がるのを感じた。

朝日の姿が曲がり角の向こうに消えていく。東山《ひがしやま》の向こうから夕暮れが迫ってきていた。

「気のせいだといいけど」

陽時の真剣な声が、夕暮れの道にぽつりと落ちた。


茜はリビングの、スライスした丸太を並べたようなテーブルに、卓上コンロをセットした。大きな土鍋を置いて水を入れると、出汁《だし》用の昆布《こんぶ》を二枚沈めておく。

「青藍さん、そろそろご飯にしませんか?」

外はすっかり日が暮れて、庭は闇に沈んでいた。

ソファからああ、ともうん、ともつかない生返事が聞こえる。青藍だ。

ふかふかのラグが敷かれたソファスペースには今、大量の桐箱やダンボール箱が広げられていた。十箱近くあるそれらはどれも、青藍が倉庫から持ち出してきたものだ。

仕事部屋で広げる場所がないからとリビングに持ち込んだ青藍が、ダンボールの中身をソファの上やテーブルに積み上げている。中身は新聞紙に包まれた木片であったり、同じ大きさの大量の薄い箱であったり、様々だ。

朝日の言っていた雪の扇子を探しているに違いなかった。

「青藍、これ何！」

すみれが青藍の周りを走り回っては、その手元をのぞき込んでいる。

「ああ」

「青藍、これは？」

「……うん」

青藍の適当な返事に、すみれがふてくされたように頰を膨《ふく》らませた。

「…………青藍のばか」

いつもなら青藍の邪魔をしてはいけないと言うところだが、夕暮れ前から始まって、もう三時間近くになる。

茜は腰に手をあてて、すみれに言った。

「すみれ、青藍さんをこっち連れてきて。ご飯だよ」

「うん！」

すみれが一度離れて、だだっと助走をつけると、青藍の背に向かって飛び上がった。どんっと音がして、青藍の体がぐらりと傾く。

「うわっ！」

すみれごとつんのめりそうになった青藍が、あわてて背中に手を伸ばした。

「すみれ、なんや……」

「ご飯だって。何回呼んでも青藍、全然気づいてくれないんだもん」

「そうか。ぼくはいいから先に──」

そこで自分を睨み付ける茜の視線に気がついたのだろう。おそるおそる顔を上げたところで、ばっちり目が合った。茜は食卓にセットされた鍋を指して言った。

「ご飯ですよ、青藍さん」

すみれがこっそりささやくのが聞こえた。

「茜ちゃん、怒ると怖いよ。ご飯食べないともっと怖いよ」

ためらったように視線を泳がせて、青藍はやがてため息をついた。すみれを背中にぶら下げたまま立ち上がる。きゃっきゃと喜ぶすみれを抱《かか》えて椅子に座らせた。

「……食べる」

椅子に座って、決まり悪そうに茜を見上げてくるものだから、茜はくすくすと笑った。

卓上コンロの上で土鍋がくつくつと煮立った頃合いで、茜は豆腐を二丁、そっと沈めた。

今日の夕食は湯豆腐だ。

たっぷりの豆腐の後には、魚のつみれや白菜、締めのうどんの用意もしてあった。

「お豆腐は、いつものお豆腐屋さんで買ってきたやつです」

それを聞いた青藍の顔が、心なしか輝いた気がした。近くの豆腐屋で売っているこの豆腐は、食事に興味のない青藍には珍しく、お気に入りの一品なのだ。

しっかりとした堅さのざる豆腐で、歯ごたえがあるのに喉《のど》の奥につるりと入っていく。

濃い大豆の味がして、それが昆布出汁と相性がいい。

青藍は十分に温まったそれをすくって、ねぎと粗塩《あらじお》で食べるのが好きだった。

青藍の食の好みを、茜はだんだん把握するようになった。

肉や脂《あぶら》っぽいものは苦手。さっぱりと食べられるものが好きだ。甘いものよりは出汁と塩の味を好む。朝は泥のように濃いコーヒーを飲みたがる時もあって、そういう時はたいてい夜更《よふ》かしした翌日だった。

豆腐が温まるのを待っていた青藍が、ふとあたりを見回した。

「陽時は？　あいつ今日、こっちの予定や言うてへんかったか」

「さっき出ていきましたよ。電話があったみたいです」

なんだか苦い顔をして出ていった陽時は、そういえば夕食までには戻ると言っていた。

陽時は週の半分ほどを月白邸で過ごしている。いつも好きに来ては帰っていくが、茜が夕食を作るようになってからは、いらない時といる時をはっきりさせてくれていた。だから連絡もなしに夕食をすっぽかすのは珍しい。

「何かあったんでしょうか、連絡した方がいいですか……？」

いや、と青藍がつぶやいた。

「放っといたらええ。──……自業自得やろ」

何か察したらしい青藍が鼻で笑った。


すみれが離れで寝入った後、母屋《おもや》の風呂を使った茜は、リビングに明かりがついているのに気がついた。のぞいてみると、ソファで青藍がまだごそごそとやっている。

それほどたくさんの箱があったようには見えなかったが、ずいぶん時間がかかっている。

茜はそっと声をかけた。

「まだ見つからないんですか？」

青藍がこちらを振り返った。どこか困ったようにその鋭い瞳を伏せる。

「……手が止まってしまう」

茜は青藍の傍《かたわ》らに座り込んだ。

新聞紙にくるまれていたのは、ひとかたまりの木の細工だった。全部で四つのパーツに分かれていて、組み合わせるとなんとなく扇の形に見える。

「これが、つき版っていうやつですか？」

青藍がうなずいた。一つ手に取ってひっくり返す。

それは細かな模様が浮き彫りにされた版木《はんぎ》だった。彫り込みはどれも繊細で、触れるとその部分がぱきりと折れてしまいそうだ。濃い緑色の絵具が染《し》み込んでいた。

「大きな判子みたいなもんや。これに絵具をつけて、紙に押し当てて模様を写す」

四つの版木で一つの図柄を描くようにできているようだった。

一番大きなものには若竹が、その竹の根元に生《お》い茂る笹の葉、間を通り抜けていく風を表す細かな線、そして空を渡る鳥の群れ。どの版木にも違う色が染み込んでいた。

青藍がその緑色の版木を指した。

「これは結扇の、初夏の定番《ていばん》や。『若竹』て名前がついてる」

春夏秋冬、四季に合わせて卸していた飾り扇子だ。定番と呼ばれて、知り合いのお茶席などに季節の挨拶《あいさつ》代わりに配っていたという。

結扇は扇子の卸《おろし》だ。分業が主流の扇子作りで、骨屋や紙屋から上がってきたものを組み上げて卸すのが本来の仕事だった。

「絵はいつもは絵師さんとこに頼むんやけど、四季の定番だけはうちでやるて月白さんがうるさかったんや」

そうなると縁側に紙を並べて職人たち総出で版を押し、扇子を組み立てることになる。人手が足りないからと、青藍も陽時も職人たちに交じって手伝わされたそうだ。

「……問答無用で駆り出されて、朝から晩まで絵具まみれになったん、覚えてる」

不満そうに口をとがらせる青藍だったが、目元が少しばかり緩《ゆる》んでいる。月白邸の思い出は今でも青藍の心の大切な場所に、確かに存在していると茜は知っている。

青藍が使い込まれた版木の表面をざらりと撫でた。角は丸くなって、染み込んだ絵具で変色している。

「昔は、七条《しちじょう》あたりにこういう職人さんらがたくさん住んだはったんやて。下絵を持っていくと、こうやっていくつかの版木に彫り分けてくれはったて……月白さんに聞いた」

今はその職人たちもほとんど残っていない。新しい版木もなかなか彫ってもらえないから、今ある版木を大切に使い続けるしかない。

青藍が傍らの新聞紙をがさりと開いて、目を細めた。

「これは春の定番柄で『花散る』ていう」

表を返すと、桜の花びらが一面に彫り込まれていた。

青藍がふい、と外に視線を向けた。

「うちの庭に早咲きの桜があってな。その桜が咲くと、月白さんがその年の『花散る』の色を決めはる」

「定番柄って、毎年同じ色で刷るんじゃないんですか？」

茜が問うと、青藍が唇の端をわずかにつり上げた。

「桜は、年ごとに違う色で咲くんやて、月白さんはそう言うたはった」

撫子《なでしこ》、紅藤《べにふじ》、桜……とろりと濃い夕暮れのような朱《しゅ》の年もあれば、ほとんど白に近い年もあった。

縁側で酒を飲みながら、早咲きの桜を愛《め》でてその年の色を決める。その色は毎年、版木に染み込んで重なっていくのだ。

「月白さんは、そういう色の決め方が好きやった」

青藍の周りには、たくさんのつき版が広げられていた。

「夏の『朝顔』は群青《ぐんじょう》に紫苑《しおん》、それから瑠璃《るり》。『向日葵《ひまわり》は』黄色か女郎花《おみなえし》……」

青藍が版木をなぞって、染み込んだ色を拾っていく。

その手の中で桜が咲き青葉が芽吹く、紅葉《もみじ》が散り、梅が咲き――ほの青い月白《げつぱく》の光に満ちた、満月が昇った。

版木を追っているだけで、月白と結扇が歩んできた道が広がっているようだった。

この秋の紅葉は少しくすんでいた。いつかの秋はいっそう鮮やかで、その分冬の冷え込みが厳しくて、寒椿《かんつばき》の紅が雪の真白によく映《は》えていた。

そうやって一つ一つの版木に思い出を重ねて、心を震わせて。そうしていたらきっと時間なんて、どれだけあっても足りないに違いない。

「こうやってると、月白さんとお庭を眺めているみたいですね」

青藍がわずかに目を見開いた。見ている方が切なくなるような、とてもさびしそうな瞳で青藍は笑った。

「そうやな。――……これは、あの人の色や」

人は一人一人見ているものが違う。

そう月白が言ったのだと、いつだったか茜は教えてもらった。

だとすれば月日の分だけ色が重なったその版木は、月白が見つめていた季節の移り変わりそのものだ。

青藍が腕を組んで版木の山をじっと見つめていた。

その瞳がぐっと深くなり、好奇心できらきらと輝いているのがとても美しいと思う。その瞳こそいつまでも眺めていられそうだと、茜はふとそう思った。

——廊下を踏む音がして、青藍と茜は同時に振り返った。ちょうど暖簾をくぐりリビングに入ってきた陽時と目が合う。

「あ……」

陽時が気まずそうに視線を逸《そ》らした。

妙に香ばしい匂《にお》いがして茜は眉を寄せた。陽時が着ていた、真っ白なはずのニットが、半分以上茶色に染まっている。

「どうしたんですか、陽時さん？」

「あはは、コーヒーぶっかけられちゃった」

けらけらと笑っているが、それどころではない。

「脱いでください、すぐ！」

素直にもそもそと脱いだニットを陽時から受け取って、茜は悲鳴を飲み込んだ。中までべっとりと染み込んでしまっている。完全に手遅れだ。陽時は気にする様子もなかった。

「いいよ、捨てちゃうし」

「だめですよ！」

せめて染み抜きだけでもとキッチンに走りかけて、茜はあわてて陽時を振り返った。

「お風呂！　風邪ひいちゃいますから」

陽時が笑ってうなずいた。

風呂から上がった陽時に、茜はコーヒーを出そうかどうか少し迷って、湯飲みでほうじ茶を出した。版木探しが一段落したのか、青藍が椅子に座って、呆《あき》れたように隣の陽時を見やる。

「何回目や」

陽時が肩をすくめた。

「最近はなかったよ。こんなにこじれたの、かなり久しぶり」

茜はおそるおそる問うた。

「……その、彼女さんですか？」

「違うよ。おれ、彼女はいないから」

きっぱりとそう言って、陽時が珍しく、本当に困ったように眉を寄せた。

「――……でも、好きだって、言われちゃったからさ」

リビングに沈黙が落ちた。

陽時の「お友だち」には、きちんとした線引きがある。相手に決まった人がいないこと。

未成年でないこと。

そしてたぶん、互いに後腐れのない関係であること。

呼び出された先のカフェで告白された。断って、もう会わないと言ったら話がこじれた。結局目の前でさめざめと泣かれたあげくに、陽時の告げた一言が逆鱗《げきりん》に触れて、その場でコーヒーをぶっかけられたらしい。

「いやあ、冷めてて良かった」

「そういう問題じゃないですよ。何言ったんですか？」

「それは他の人に言ってあげてって」

「うわ……それはだめですよ、陽時さん」

恋愛経験値がゼロに近い茜にだって、さすがにわかる。

「だってさ……」

陽時が決まり悪そうにうつむいた。どことなく苛立《いらだ》っているようにも見える。

「あの子、本当におれのことが好きだって言うんだ」

陽時が湯飲みの茶を飲み干して、立ち上がった。顔にはいつものように、甘く柔らかい笑顔が張り付いている。

「そういうの、おれにはもったいないよ」

言い捨てて陽時はリビングから出ていった。その背を見送って、青藍が小さく嘆息する。

「陽時が中学ん時も、高校の頃に東京から帰ってきた時も、ようあったな。陽時の彼女やいう子がわらわら押しかけてきて、月白邸の前で大もめしてた」

「……修羅場じゃないですか」

それも絵に描いたような、と茜は頬を引きつらせた。青藍が頬杖《ほおづえ》をついたままふん、と鼻を鳴らす。

「誰が本物の彼女なんかて、月白邸の職人さんらがみんな賭けたはったわ」

月白邸に住んでいた芸術家たちが、そうやって青藍や陽時を構っては——その実、本当に心配していたのだと茜は知っている。

青藍がぽつりとつぶやくように言った。

「でも誰も本物やなかった。あいつの本物は……二度と手に入らへんから」

陽時の実家、紀伊《きい》家は東院《とういん》の分家筋にあたる絵具商だ。古くからの慣習を大切にする規律にうるさい家柄で、陽時は中学生の時、それに嫌気が差して家を飛び出した。そうして月白邸に転がり込んだのだ。

そんな時、紀伊の重苦しい家の中でただ一人、陽時のことを理解してくれた四つ年上の従姉《いとこ》、詩鶴《しづる》に陽時は——たぶん恋をした。

けれど詩鶴に陽時が想いを伝えることはなかった。

かなわない想いを奥底に沈め続けた陽時は、荒れた中学時代を経て、月白の計らいで東京の高校に進学し、そこで大学卒業までを過ごす。

そして詩鶴は去年の秋、紀伊の望む相手と結婚した。

その時誰より詩鶴の幸せを願い、祝福したのはたぶん陽時だ。

自分の本当の心を、どこかに置き去りにしたまま。

青藍の獣の瞳が、鋭く眇《すが》められる。

「あいつの自業自得やな。自分のことを見て見ぬふりして、適当なもので間を埋め続けて——とうとう本物が怖なってしもてる」

陽時は月白がいなくなってからの六年間、青藍をずっと心配していた。同時に青藍も——笑顔の向こうの陽時を、ずっと見守り続けているのかもしれない。

もう見えなくなった陽時の背を追うように、ずっと暖簾の向こうを見つめている青藍に、茜はそう思ったのだ。

3

次の日曜日、茜《あかね》は陽時《はるとき》と連れ立って、河原町《かわらまち》へやってきた。

南北は五条通《ごじょうどおり》から丸太町《まるたまち》通、東西は鴨川《かもがわ》から堀川《ほりかわ》通までのあたりが、京都ではいわゆる繁華街にあたる。オフィスビルや百貨店が立ち並ぶ隙間《すきま》に昔ながらの町屋《まちや》の商店が連なり、神社や寺が点在するその界隈《かいわい》は、時代を行き来するような不思議な雑多さがあった。

三条寺町《さんじようてらまち》のアーケード交差点、カニの看板がわきわきと動く下で、陽時が茜の肩を叩いた。

「茜ちゃん、寺町二条で季節のかき氷を食べるのと、そこの角でみたらしだんご食べるのとどっちがいい？」

「あ、いえ……」

「じゃあパンケーキは？　おれふかふかのスフレタイプのが好きなんだけど」

デートじゃあるまいし、と茜は思い切り首を横に振った。

「陽時さん、青藍《せいらん》さんからの頼まれ事の方、先に行きましょう！」

——結局ダンボール箱の中に、雪の扇子《せんす》の版木《はんぎ》はなかったと青藍は言った。

そこで完全に行き詰まったのだが、陽時がそういえばと提案したのだ。

朝日《あさひ》が今手伝っている日本舞踊教室のことだ。そこの師匠が、祖母と知り合いだったと朝日は言っていた。

そうして今朝、青藍はその師匠に話を聞いてこいと、陽時と茜を使いに出したのだ。

「えー、せっかくだから、茜ちゃんといろいろ遊びたかったのに」

そう言う陽時だがすでに午前中から、甘味処《かんみどころ》にランチにウィンドウショッピングにと、嬉々《きき》として茜を連れ回していた。

端整な顔立ちで拗《す》ねたように唇をとがらせるものだから、なんだかとても悪いことをしている気分になって、茜はあわてて周囲を見回した。

ただでさえこの雑多な街の中で、白のリブタートルにデニム、黒のロングコートを羽織っている陽時は、その容姿もあいまって周囲の注目の的《まと》なのだ。

茜はふと自分の格好を見下ろした。代わり映《ば》えのしないコートに、数少ないスカートとタイツを合わせているだけだ。どうせ制服を着る機会の方が多いからと、笹庵《ささあん》の家に引き取られた時に、私服は大半を処分してしまった。

陽時ばかりか、青藍にしても隣に立てばどうしても見劣りしてしまう。

「……服、買った方がいいですかね」

茜がぽつりと言うと、途端に陽時はぱあっと顔を輝かせた。

「どこ買いに行く？　おれ知り合いいるから、安くしてもらえるよ」

そう言って陽時があげるのが決して高級ブランドではなく、茜でも手が届く程度のセレクトショップというあたりが、本気で『手慣れている』と思う。

だいたい今日のお昼だって、高瀬川《たかせがわ》の見えるカフェレストランで、九五〇円のパスタランチだった。入りやすくて気取らなくて適度におしゃれで安い。

「……陽時さん、女子高生の好みに詳しいですよね」

疑惑の視線に気がついたのだろう。陽時があわてて手を振った。

「違うから！　……ほら、ああいうところなら、茜ちゃんも友だちと来られるでしょ」

陽時が決まり悪そうに金色の髪をかきまぜた。

「青藍が、せっかくだから連れていってやれって。あいつたいして外に出ないし、買い物も適当だし。だから今日はおれが茜ちゃんのエスコート役なんだよ」

茜はひゅ、と喉《のど》の奥で息が詰まるのを感じた。

もう少し楽しんだっていいのだと、青藍も陽時もそう言ってくれる。その気遣《きづか》いがうれしくて——今はなんだか少し辛《つら》い。

「……ありがとうございます」

ぎこちない態度に気づかれないといいのだけれど、と茜は精一杯の笑みを浮かべた。

あちこちウィンドウショッピングと、結局押し切られたスフレパンケーキを挟んで、茜と陽時は麩屋町通《ふやちょうどおり》に面した、小さな町屋の前にいた。

大きさ的には一見普通の民家のように見える。耳を澄ませると、中から三味線と琴の音色が響いてくるのが聞こえた。

淡い紺《こん》色の着物で出迎えてくれた女性は、羽瀬美野里《はせみのり》と名乗った。祖父母ほどの年齢のように見えたが、背筋をきりりと伸ばして茜と陽時を見上げた。

「ようおいでやす」

白い髪を丁寧《ていねい》になでつけて、後ろで一つにくくっている。茜よりも小さく華奢《きゃしゃ》だったが、立っているだけで周囲の空気を引き締めるような雰囲気を持っていた。

「紀伊《きい》陽時です。こちらはうちを手伝ってくれている、七尾《ななお》茜ちゃんです」

陽時が小さく会釈《えしゃく》をする。あわてて茜もそれに従った。

あらかじめ朝日から話を聞いていたのだろう。美野里はわずかに微笑んで、茜と陽時を中に案内してくれた。

町屋の中は間口が狭く奥に向かって広がる細長い造りになっている。十畳ほどの部屋が二つ、間のふすまが取り払われていて、大きな練習場になっていた。

廊下をさらに奥まで進むと、八畳ほどの部屋の壁面にずらりと着物がかかっていた。

「ここで着付けの教室とか、お着物のレンタルとか、日本舞踊のお稽古《けいこ》体験とかもさせてもろてるんえ」

観光客向けに、そのまま二時間ほどの簡単な日本舞踊体験コースもあるそうだ。茜は感心したようにうなずいた。

「日本舞踊って、もっととっつきにくいものかと思ってました」

「昔はそうやった。ちゃんとお師匠さんについて、お唄《うた》を一つずつ習《なろ》て。お琴やお三味線も一緒にやるんが普通やったんやけどね」

美野里が振り返って、紅を引いた唇で微笑んだ。

「今はお着物をきれいに着たいとか、美しい所作《しょさ》を学びたいからて来てくれる生徒さんが多いし、外国の人も増えてるから、昔よりは身近になったんと違うやろか」

美野里の教室では、カルチャースクールなどで着付け教室を開催したり、イベントなどで簡単な日舞《にちぶ》の教室を開くことも多いそうだ。

さらにその奥の客間に通された茜と陽時は、促《うなが》されるままに座布団に腰を下ろした。

「朝日ちゃんは着付けもできるし、明るいし、くるくるとよう動いてくれるし、笑顔もかわええして、生徒さんにもお客さんにも評判ええのんよ」

茶と茶菓子を出してくれた美野里が、ころころと笑いながら向かいに座る。陽時があたりを見回した。

「今日、その朝日ちゃんも一緒だって聞いたんですけど……」

朝日から、美野里の話を一緒に聞きたいと言われていたのだ。美野里がわずかに顔を曇らせた。

「ごめんなさいね。朝日ちゃんは今日はお休みさせてほしいて、電話があってね」

茜と陽時は顔を見合わせた。陽時が問う。

「風邪とかですか？」

美野里はそれに答えないまま、話を逸《そ》らすように茶をすすった。陽時はわずかに目を細めただけで、ひとまずうなずいた。

「――それで、あき花《はな》さん姉さんのことやて？」

美野里は独特の敬称で朝日の祖母のことを、そう呼んだ。

あき花は美野里の姉――芸舞妓《げいまいこ》の先輩にあたるのだそうだ。

姉というのは血の繋《つな》がった家族のことではなく、同じ置屋《おきや》で面倒を見てくれる先輩芸妓のことだ。姉は後輩である妹の面倒を見たり芸事を教えたりする。

妹分である舞妓が店出しをするという際には、その姉の名前からひと文字もらって名前をつけることがあるそうだ。

「昔はうちも、こと花《はな》ていう名前でお座敷に上がらせてもろてたんえ」

美野里が舞妓の世界に足を踏み入れた時、あき花はすでに街でも評判の芸妓だった。

舞妓は成長すると時期を見て衿替《えりか》え——芸妓として独り立ちをする。髪や帯を変え、更に芸事にはげむのだ。

数年でこと花も芸妓になり、あき花と共に座敷に上がることもあった。

そのあき花が引退し、こと花——美野里もじきに芸妓をやめて結婚した。今はかつての踊りの師匠の縁もあって、こうして日本舞踊教室を開いているという。

「結扇《ゆいせん》の月白《つきしろ》さんはね、うちがまだ舞妓やった時に、あき花さん姉さんと一緒に、お座敷に上がらせてもろたことがあってね」

美野里のきりりとした目が柔らかく微笑んだ。昔のことを思い出す時、人は当時と同じ顔をするのかもしれない。幼く溌剌《はつらつ》とした少女のような顔だった。

「——うちも、あの雪の扇子をもろたんえ」

つい、と美野里が左手を宙に伸ばす。落ち着いた紺地の袖《そで》から白い手首がするりと伸びた。

「手首をゆら、ゆらて揺らして振るとね——」

白い手首が波打つように揺れる。

皺《しわ》の刻まれた細い手首は骨が浮いているのに、どこか艶《なま》めかしく、ぐっと惹《ひ》きつけられた。

「――雪が、はら、はらて舞い散るみたいで、ほんまにきれいやった」

茜はただそのゆらゆらと揺らめく手首に、じいっと見入っていた。

美野里がほんの少し手首を返す、首をかしげ、体を揺らす、それだけでその場の空気をすべて変えてしまう。

美野里の白い手が紺地の袖にするりと吸い込まれて、茜ははっと夢が覚めたような気持ちになった。

「うちも、結扇さんがもう畳まはったて知らへんかったん。あんな扇《おうぎ》、もう後にも先にもあらへんやろうに、惜しいことしはったなあ……」

「美野里さんもその扇子は持ってないんですよね」

陽時が問うた。

「そうやね。……ずいぶん前の話やさかい……」

茜と陽時が同時に肩を落としたのがわかったのだろう。美野里が気遣わしげに言った。

「うちも、昔のお姉さん方に聞いてみたげるわ」

廊下では、誰かが走る音や観光客の戻りを迎える声が響き始めていた。そろそろ着付け体験の客が散策を終えて戻ってくる頃なのだろう。

邪魔にならないように辞すことにして、茜と陽時は礼を言って立ち上がった。

玄関まで見送ってくれた美野里に、陽時がふと問うた。

「……朝日ちゃんて、よくお仕事お休みしたりするんですか？」

茜は靴紐《くつひも》を結ぶ姿勢のまま陽時を見上げた。美野里の表情が硬くなったのがわかる。唇がわずかに開いて、何かを言おうとしてためらっているようにも見えた。

茜は咄嗟《とっさ》に立ち上がった。

「朝日さん、うちに来た時怪我《けが》してたんです。だから……具合悪くなったりしてないといいなって」

美野里が息を呑んだ。さっきまで優雅に宙をなぞっていた白い指先が、体の前できゅう、と握り合わされる。やがてため息と共にほろりとこぼした。

「……朝日ちゃん、よう怪我してくるんえ」

茜の胸の奥がざわついた。デニムの裾から見えたあの痣を思い出す。誰かにつかまれたような青い痣《あざ》だ。

「今日も階段から転んで顔も怪我して……お客さんの前によう出られへんから、休みたいてそう言うん」

　茜の背筋を冷たいものが這《は》っていく。朝日は昨日も階段で転んだと言っていた。美野里の細い指先に力がこもる。

　心配でたまらないと、美野里の仕草の端々《はしばし》からにじみ出ていた。

「……もしかしたら、変な男に引っかかったんとちがうかて思うんやけど。でも何回聞いたかて、大丈夫て言うばっかりで……うちに頼ってもくれへんの」

　真剣な顔で聞いていた陽時が、ふ、と表情を緩《ゆる》ませた。美野里の細い手に触れて、小さくうなずく。

「美野里さん、朝日さんの家をご存じですよね。おれちょっと様子見てきます」

　それまで体をこわばらせていた美野里が、ほっと力を抜いたのがわかった。

　朝日の住むアパートは、千本丸太町《せんぼんまるたまち》の通りを少し行ったところだという。陽時は三条通に出たところで、ためらいなくタクシーを止めて乗り込んだ。

「茜ちゃんは、先帰ってて。おれちょっと朝日ちゃんの様子見てくる」

「わたしも行きます」

　茜は陽時を押し込むようにタクシーに乗り込んだ。

朝日が動けないような怪我をしているかもしれないし、警察や救急車を呼ばなくてはいけないかもしれない。手は多い方がいいに決まっている。

「何かあったら、ちゃんと逃げます」

「……茜ちゃん、そういう思い切りのいいところあるよね」

盛大にため息をついた陽時が、運転手に住所を告げて天井を振り仰いだ。

「茜ちゃんに何かあったら、おれ青藍にぶっとばされるよ。あいつ、ああ見えて腕っ節しっかりしてんだよね」

青藍はひょろりと細いように見えて、しなやかな獣を彷彿《ほうふつ》とさせるような、しっかりとした筋肉がついている。

日本画の下準備はニカワを練り上げたり、顔料を細かく砕いたりと存外筋力を使う。それだけではなく絵の下地となる和紙を貼る時、己《おのれ》の背より高い板を持ち上げたりもするからだ。

「そうなったら、すみれが介抱してくれますよ」

茜はしれっと言っておいた。

「……ほんとに無茶だけはやめてね」

千本丸太町の通りを入ったところに、小さなアパートがあった。木造の二階建てで建物に沿うように外階段が伸びている。築年数はかなりのようで、あちこちに錆《さび》が浮いていた。

その外階段の真ん中に、小さな体が丸まっているのが見えた。

茜は思わず叫んだ。

「朝日さん！」

ガンガンと足音を響かせて階段を駆け上がる。グレーのスウェットのままの朝日が、のろのろと顔を上げた。茜と陽時を見て目を丸くする。

その頬が赤く腫《は》れているのを、茜は見た。

朝日があわてて顔を膝《ひざ》に埋める。そのそばにしゃがんだ陽時が静かに言った。

「朝日ちゃん、見せて」

膝に顔を埋めたまま、朝日が首を横に振る。

「――見せて」

有無《うむ》を言わさぬ声だった。朝日の肩がびくりと跳ね上がる。いつも柔らかで甘い陽時の声は、優しいけれど息を呑むほど冷たかった。

おずおずと顔を上げた朝日の頬は、真っ赤に腫れ上がっていた。明らかに誰かに殴《なぐ》られた痕《あと》だ。

茜は唇を結んだ。息が苦しい。

自分がそうされたわけでもないのに、目頭《めがしら》が熱くなって涙が出そうだった。なんだか、たまらなく悔しかった。

黙り込んだ陽時と茜が口を開く前に、朝日が明るく笑った。

「違うの。彼氏、ちょっと怒らせちゃっただけなの」

言い訳をするように、違うの、ともう一度言った。

「昨日、教室の生徒さんとお話ししてて、帰るの遅くなってさ。あたしが晩ご飯作る約束だったたし、あいつ待たせちゃったし。だから仕方ないんだ」

言葉を重ねる分だけ、ひどく空々しい。

「……明日には腫れも引くから。いつもそうだから……大丈夫なの」

「いつも？」

陽時の声がすっと低くなった。笑みはなくただまなざしだけが鋭い。茜は息を呑んだ。

この人はこんな風に怒るのだ。

陽時は階段の上――朝日のクロスバイクが置かれた脇にある、ドアを見つめていた。

「茜ちゃん、朝日ちゃんと月白邸に帰ってて」

茜は今度こそ素直にうなずいた。通りに出ればタクシーはすぐにつかまる。少しでも早く、朝日を連れてここから離れたかった。

「――待って」

階段を上がろうとする陽時を、朝日が呼び止めた。

「やだよ、待って。何するの」

「中にいるんだよね、その男」

朝日はためらいながらもうなずいた。朝日が膝を抱《かか》えて外にいるのだから、そういうことだ。

「話し合いで済むならそれで。無理なら警察かな」

朝日が縋《すが》るように陽時の腕をつかんだ。だだをこねるように首を横に振る。

「や……違うよ。ちょっと怒りっぽいだけだよ。あたしが悪いんだから」

「どうしてですか！」

叫んだのは茜だった。

だってそんなのおかしい。顔も腫れて、足も手もスウェットからのぞいている部分には痣が見える。痛いに決まっているのに、どうして相手をかばったりなんかするんだろう。

朝日を見て、茜が最初に想像したのはすみれだった。

これから成長した先、こんな暴力がすみれに降りかかることがあるのなら。想像だけで胃の底が気持ち悪い。

だから、この手は絶対に放したくない。

朝日にだって、降りかかるべきものではないはずだから。

——ガチャ、と耳障《みみざわ》りな錆びた音がして、茜は振り仰いだ。階段を上がったすぐの、二階の扉が開いている。朝日が体を震わせたのがわかった。

扉の向こうから男が顔をのぞかせていた。朝日とそろいのスウェット姿で、きょとんとした顔で階段の光景を見つめている。

「何ですか、あんたたち」

存外さっぱりした顔立ちで、おとなしそうに見えるのがかえって怖かった。

陽時が立ち上がった。長い足で二段飛ばしで階段を上がって、ドアの枠をつかんで引き開ける。

「どうもこんにちは」

茜の位置からでもわかる、いっそまぶしいほどに、すごみのある笑顔だった。

「は、え……」

相手は一瞬で呑まれている。

「おれ——朝日の彼氏なんだけど」

とろけるような甘い声で、陽時がそう言った。目を白黒させた男がはっと言い返す。

「ふ、ふざけるな。あいつ、おれの……！　おい、朝日！」

「うるせえな、女の子の顔殴るような男が、気安く名前呼んでんな」

ドアを開け放った陽時が、ちらりと茜に視線を向けた。

茜は朝日の手をつかんで階段を駆け下りた。振り返ろうとする朝日に首を横に振る。

「帰りましょう、朝日さん」

ぐっと手を引かれて、放すものかと茜はその手に力を込めた。

千本丸太町の交差点まで来たところで、茜はタクシーを止めた。朝日が力なく首を振る。

「……あたし、行くとこないよ」

茜が朝日にまっすぐ向き直った。左右の手で朝日のそれぞれの手をそっと握る。

「帰るんですよ──月白邸に」


夕暮れ時の空は、端からゆっくりと橙《だいだい》色に染まっていく。

茜と朝日を出迎えた青藍は、朝日の腫れた頬を見て、何も言わないままリビングに通してくれた。

「陽時から電話あった。あいつもすぐ戻ってくるやろ」

朝日が無言で頭を下げる。リビングには児童館から戻ってきたすみれが待っていて、初めて会う朝日を不思議そうに見上げていた。

「茜ちゃんのお客さん？」

「うん。朝日さんっていうんだよ——朝日さん、妹のすみれです」

朝日は消え入るような声で、こんにちは、と小さくつぶやいた。

「お姉ちゃん怪我してるの？　大丈夫？」

「すみれ、救急箱取ってきて」

すみれがうなずいて走っていく。その間に茜はキッチンで、大きな湯飲みにたっぷりのほうじ茶を淹《い》れた。

気まずそうにソファに座った朝日の向かいに青藍が、その足元に埋まるようにすみれがぺたりとラグに座り込んで、心配そうに朝日の顔を見上げていた。

朝日の手当てが終わった頃、陽時も月白邸に戻ってきた。

「これ、朝日ちゃんの荷物。とりあえず大事そうなものだけね」

陽時がリビングの机の上に、大きめの鞄をどさりと置いた。

青藍がちらりと陽時を見上げた。

「相手の阿呆はどうした。二条城《にじょうじょう》のお堀にでも投げ込んできたんか」

「鯉の迷惑になるだろ」

冗談めかしてそう言って、陽時は黒のコートを椅子に引っかけた。茜の横に座る。

「朝日ちゃんはいったん、こっちで引き取るってことだけ伝えてきた」

朝日が所在なさそうにうつむいた。

「……あたし、帰る」

茜は目を見開いた。

「あのアパートにですか？　絶対だめですよ」

「だって、あいつあたしがいないとだめだし。家事とか全然できない人だしさ……」

朝日はソファの上に体育座りになって、ぐっと膝に顔を埋めた。茜は一生懸命首を横に振った。

「だめですよ。うちの離れ、ちょっとぐらい住んだっていいですよね、青藍さん」

「……お前は月白さんか」

青藍の額《ひたい》にぎゅうっと皺《しわ》が寄る。

月白もよく気に入った人間を勝手に連れてきては、邸《やしき》に住まわせていたそうだ。

本質的に青藍は、家に他人を入れるのをひどく嫌う。しばらく考え込んでいたが、やがてため息交じりにこぼした。

「……仕方あらへん。好きにし」

朝日は苛立《いらだ》ったように声を荒らげた。

「大丈夫だって……！」

朝日の喉がひくりと引きつる。

「……や、優しい時だって、ちゃんとあるし」

「――朝日ちゃん」

陽時が立ち上がって、朝日の前でラグに膝をついた。視線を逸《そ》らそうとする朝日を、その手を握りしめて逃がさなかった。

「だって……」

朝日が掠《かす》れた声でつぶやく。

「あたしのこと、好きって言ってくれたよ」

それは、最後の望みのようにも聞こえた。

陽時の細められた瞳の色が揺らめいた。

「本当に君のことを好きな男は、絶対君のことを殴ったりしないんだよ」

陽時の大きな手が朝日の頭を撫でた。朝日の目からぼろぼろと涙があふれ出す。

橙色の光が満ちたリビングは、ゆらゆらととろけそうな光が踊っている。ほこほことあたたかいほうじ茶の香りが、指先まで体温を戻してくれた。

限界までかみ殺したような朝日の嗚咽《おえつ》が小さくなるまで。誰も何も言わなかった。

とろりととろけるような橙色が、紫に色を変え、やがて窓の外が宵闇《よいやみ》に沈んだ頃。

朝日が、ぽつりと口を開いた。

「──……わかってた。あたしも母さんと、一緒だって」

赤く色づいた朝日の目元が、わずかに細められた。

「母さんも、男を見る目がなかった人でさ……」

朝日がまだ幼い頃、父からの暴力が原因で両親は離婚した。母は幼い朝日を連れて、山形の祖母のもとへ戻った。

「結局何年かして、新しい男作って出ていっちゃった。新しい彼氏が、子どもが嫌いだって言ったんだって」

朝日はそれから祖母のもとで育てられた。祖母は、朝日を一生懸命育ててくれた。

けれど両親に捨てられたという現実は、朝日の心をじくじくと苛《さいな》み続けた。

「あたしずっと空っぽだった。おばあちゃんだって、あたしのこと嫌いかもしれないって思ってた。……ずっと一人だって感じてた」

日本舞踊の稽古も、真面目《まじめ》にやったのは小学校を卒業する頃までだ。中学も後半になると、朝日は家に帰らなくなった。

ある時、ふと出会った男に「好きだ」と言った。その人は朝日に一晩の居場所をくれた。

「……すごいって思った。好きって言うだけで、こんな簡単なんだって思った」

誰彼構わず付き合って、捨てられて、また好きだと言って誰かの手を取った。

「高校も卒業したんだか追い出されたんだか、そういう感じでさ。それで――……気がついたら、おばあちゃん死んじゃってた」

呼び出された病院の真っ白な病室で、久しぶりに祖母の顔を見た。

もう目を開けてくれなくて、朝日の名前も呼んでくれない。数少ない親戚と祖母の友人が、冷たい目で朝日のことを見つめていた。

あなたのおばあさんは、最期《さいご》まであなたのことを心配していたと。

「おばあちゃんの顔見たの、いつが最後だったっけ、とか。病気だったなんて知らなかったとか……」

棺《ひつぎ》の中の祖母はずいぶん痩せていた。最後に姿を見た時は、こんな風ではなかったはずなのに。

そうしてその時、朝日は気がついた。

ずっとそばにあったあたたかい祖母の腕の中が、朝日の唯一《ゆいいつ》の居場所だったのだと。

そしてそれは今、もうなくなってしまったのだ。

「なんだかすごく悲しくて、おばあちゃんがずっと言ってた、京都に行こうって、飛び出してきたの」

でもそこに祖母はいない。あてなくさまようううちに金がなくなって、ちょうどその頃、あの男に声をかけられた。

「あたしのこと、好きって。うちに住むといいって言ってくれて……」

それだけで馬鹿みたいに満たされた。殴られて蹴られて、頭の隅で嘘だとわかっていたのに、時々思い出したように優しくしてくれるから。だから耐えられた。

腕や足の痣もなんでもなかった。

ここにいられるなら、こんなの——大丈夫。

朝日の声が昏《くら》く沈んでいく。その頬を陽時が両手でそうっと包んだ。

「それは愛とか恋とか、そんなあったかくて優しい何かじゃないよ」

朝日が虚を衝《つ》かれたように目を見開く。

陽時の瞳がゆらゆらと揺れている。陽時と朝日はどこか似ていると茜は思う。同じ痛みを抱えて生きている。でもたぶん、陽時の方が少しだけ隠すのが上手だ。

今もきっと、揺れた瞳の向こうで痛みをこらえている。

「朝日ちゃんのことを、本当に好きだって思ってくれる人が、いつかちゃんと現れるよ。

それは恋人かもしれないし、友だちかもしれない——だから、それを大事にするんだ」

自分の心に言い聞かせるように。ゆっくりと陽時はそう言った。

それからしばらくして、月白邸に駆け込んできたのは美野里だった。昼間はきっちりと整えられていた髪が、あちこち乱れている。肩で息をしながらリビングに通されるなり、朝日に駆け寄った。

頬にできた赤い痕に息を吞む。

「阿呆やなあ……顔に傷つけて、どうやって踊るんえ」

美野里の細い手が朝日の手を握りしめた。朝日がぐっとうつむいた。

「ごめんなさい……」

美野里がほっと安堵のため息をついたのがわかった。陽時が朝日の肩にとんと手を置く。

「美野里さんが、朝日ちゃんと一緒に住みたいんだってさ」

朝日がはじかれたように顔を上げた。その目の前で美野里がため息交じりに笑っている。

「あき花さん姉さんの孫を、一人にしとかれへんやろ。——それに、うちは朝日ちゃんの笑顔を買《こ》うてるんやから」

朝日の瞳がうるんでいるのがわかって、茜は思わずもらい泣きしそうになった。

人との縁はきっとこうしてゆっくりと根づいていくものなのだ。

「美野里さん……」

声にならない声でなんとかそう言って、朝日は美野里の細い肩にすがるように小さな頭を乗せた。

「……あたしのこと、置いてください」

美野里が笑いながらうなずく。

朝日にとってそこが、優しい居場所になればいいと、茜はそう思った。

月白邸の玄関先で、美野里は青藍を振り返った。

「そちらが、月白さんの跡を継がはったんやね」

青藍が小さくうなずいた。

「久我《くが》青藍です」

「月白さんのお孫さんやろか?」

「……ぼくは、養子に入ったので」

美野里が目を丸くした。やがてほろりと顔をほころばせる。

「そう。よう似てはると思たんやけど、それやったら雰囲気がそっくりなんやね。昔の月白さんに」

青藍が珍しく戸惑《とまど》ったように視線を揺らして、やがてむすりと黙り込んでしまった。あれはどうやら照れているらしいと茜にはわかった。

「雪の扇子のこと、昔の姉さん方にほうぼう電話したんえ。そしたら、覚えたはる人がいてね」

月白は、雪の扇子を納めるために細長い桐箱《きりばこ》を一緒にくれたらしいと朝日も言っていた。

月白邸で特別な扇子を納める時に使う、その箱のことを覚えている人がいた。

『──花なき里』

箱の表にはそう書かれていたそうだ。

それを聞いた途端、青藍が小さく息を呑んだ。

「──そうか」

それきり黙り込んでしまう。けれどその瞳の奥に、炎が灯《とも》ったのが茜にはわかった。

「何か役に立てたやろか」

そう言う美野里に、茜は陽時と顔を合わせてうなずいた。


その夜茜は、盆を片手に青藍の仕事部屋を訪ねた。盆の上には、青藍に頼まれた肴《さかな》が乗っている。気の早い春物のふきのとうの和《あ》え物、聖護院《しょうごいん》大根の千枚漬け、ざる豆腐だ。

青藍は美野里が帰ってからずっと、仕事部屋にこもっていた。

青藍の離れを訪ねると、板間に引っ張り出した畳の上に珍しい背中が見えた。陽時だ。

「茜ちゃんだー」

振り返った陽時の頬が、ほんのりと赤みを帯びている。その手には缶チューハイが握られていた。

青藍が不機嫌そうな顔で舌打ちした。青藍は隅に寄せられた机の前で、立ったまま猪口《ちょこ》から酒をあおっている。

「どうしたのこんな夜中に」

「青藍さんのお酒の肴を持ってきたんです。陽時さんがいるなら、二人分にすれば良かったですね」

「いいよ、青藍のもらうし」

「いや、あかん。お前はこれでも食べとき」

青藍が茜の手から盆をさらって、代わりに誰かの手土産《てみやげ》なのだろう。豆菓子の袋を陽時に投げた。陽時がしゅんと肩を落とす。

「……おれも茜ちゃんのがいい」

「わたし、作ってきましょうか」

「いらん」

青藍が首を横に振った。耳打ちするように、ぽつりとつぶやく。

「あれは二本目や。どうせすぐに寝落ちする」

陽時は酒に強くない。月白邸で呑むこともなければ、外の接待でもほとんど口にしないらしい。

その陽時がたまにこうして酒をあおるのは、笑顔の向こうに押し込めたものを、隠しきれなくなった時だ。

青藍がじろりと陽時を見下ろした。

「それ、呑んだら出ていけ」

「……ちょっとぐらい、いいじゃん」

「お前の自業自得の感傷に付き合う趣味はあらへん」

陽時が一瞬息を呑んだ。床の上に突っ伏すようにうつむく。

「キツいなあ……」

青藍の机の上には、小皿や筆に胡粉《ごふん》の箱、新聞紙でくるまれた版木が見える。真白の和紙が広げられていて、扇の形に線が引かれていた。

「茜ちゃんは？　もうちょっといたりする？」

陽時に上目遣《うわめづか》いで見つめられると、罪悪感だかなんだかわからないものがうずく。いたたまれなくなってうなずくと、青藍がため息をついて、隣から毛布を持ってきてくれた。

「羽織っとき。湯冷めする」

京都の底冷えは容赦がない。二月末の板張りの床は、足元からしんしんと冷えを伝えてくる。暖房は効いているのに、足から体の芯を冷やすみたいだった。

普段寒がりのくせに、青藍はこういう時薄い着物一枚で気にもとめない。目の前の絵具の瓶を光にかざしては、ためつすがめつしているようだった。

毛布にくるまった茜を見て、陽時がまなじりを下げた。

「ごめんね」

畳に打ち付けられるチューハイの缶は、もうずいぶん軽い音がする。

「——……朝日ちゃんの言うこと、おれ、自分のことみたいだった」

胡粉の箱を開けている青藍が、ちらりと陽時を見下ろした。

「……女の子にさ、好きって言われると、ちょっとだけ満たされる気がする」

いつもより舌っ足らずな陽時が、ぽつりぽつりと続ける。

好きってそういうことではないと、朝日に言った際の、苦しくて切なくてどうしようもない、あの時の表情と同じ顔をして。

茜は無意識に、毛布の前をかき合わせていた。

「おれも学生の時に気づいたのかな。優しくするとみんな好きって言ってくれる。ここにいてもいいんだって気分になる」

でも、それがとても簡単で軽いことに——陽時はもう気がついている。

学生の頃に陽時は、かなわぬ恋の代替品として軽い好きをもらう方法を知った。甘く笑って優しくしていれば、欲しかった言葉は簡単にもらえた。

「……でもそれは本物じゃないです。陽時さんが、朝日さんに言った通り……」

茜がそう言うと、陽時がけらけらと笑ってうなずいた。

「うん」

「だからコーヒーまみれになって帰ってくるんやろ」

青藍が棚から絵具の瓶を選びながら、ふんと鼻で笑った。

だから陽時は本当の心に怯《おび》えるのだ。自分に対してまっすぐに向けられる心は、いつだって怖いほどに真剣だから。

人の心を軽々しく扱ってきた自分は、それに触れる権利なんてない。

戯《たわむ》れに互いに、『好き』という言葉で遊んでいるだけなら、茜もそれでいいと思う。けれど陽時が、本当に欲しいものはそうではないと思うから。

「——……おれも、欲しいなあ」

酔いが回って完全にとろりととろけた瞳の奥で、陽時がぽつりとつぶやいた。

人には居場所があって、それは家だったり、家族だったり、仕事だったり、一人きりの時間であったりする。人それぞれだと茜は思う。

けれど陽時の居場所は、まちがいなく誰かのそばなのだ。

この人には、人と人とのあたたかいふれあいが必要で、それでも本当に欲しいものに手が届かなくて、さびしさにあがいている。

そういう本質を、笑顔の後ろに隠している人なのだ。

しばらくして、ふらふらとしていた陽時の首ががくんと落ちた。

「……人の部屋で寝落ちするん、やめてくれへんやろか」

青藍は畳に突っ伏してつぶれた陽時を見下ろして、大げさにため息をついた。私室の障《しょう》子《じ》を引き開けてその奥の布団に転がす。

その隙間《すきま》から薄暗い部屋の中に、花の咲かない桜の一枚絵が見えた。

ゆったりと背筋を伸ばした金色の猫がいる。

青藍が描いた陽時だ。一人でいいと背筋を伸ばしているくせに、本質はずっとさびしがり屋の猫だ。

あの猫に優しい誰かの手が届きますように、と。茜は唇を結んでそう祈った。

4

次の日曜日、朝日《あさひ》が月白邸《つきしろてい》を訪ねてきた。青藍《せいらん》が呼び出したのだ。玄関先で茜《あかね》と陽時《はるとき》が出迎えると、朝日は大きな手土産《てみやげ》を差し出すと共に頭を下げた。

朝日は今、美野里《みのり》の日本舞踊教室の一角を借りて、住まわせてもらっているそうだ。

「……美野里さんにも、美野里さんの旦那さんにも、生徒さんにもすごく怒られました」

客間に案内すると、朝日は小さく身を縮めてそう言った。その頬にはまだうっすらと赤い痕《あと》が残っている。もうよく見ないとわからないほどで、後には残らなさそうだと茜はほっとした。

いつものようにほうじ茶を淹《い》れて、茜は朝日の向かいに座った。陽時が柔らかなまなざしを向けている。

「みんな朝日ちゃんのことを心配してたんだよ」

ほうじ茶と共に茜が出した茶請《ちゃう》けは、朝日が持ってきてくれたものだ。セットになっていたパウンドケーキは、しっとりとした抹茶の生地《きじ》に小豆《あずき》が練り込まれている。口に入れると濃い抹茶の香りがふわりと抜けた。

朝日は困ったようにうなずいた。

「はい。ちゃんと、あいつとは別れました」

美野里と共に話し合いに行ったそうだ。大きな騒動にはしない代わりに、もう朝日に近づかないことと、美野里がすごい剣幕だったという。

「近いうちに、美野里さんをちゃんとお師匠さんって呼びたくて……今はまだ、お手伝いなんですけどね」

朝日の瞳はまだ時折、不安定に揺れていた。一つ乗り越えたからといって、今までの不安が簡単に拭《ぬぐ》い去れるわけではない。

それでも自分で一歩ずつ進んでいく朝日の姿は、茜の目にはとてもまぶしく映った。

みんなこうして、ちゃんと自分の居場所を見つけていく。

障子を開けてのそりと青藍が姿を現した。不機嫌そうに眉を寄せているのは、寝不足だからだ。

あれからずっと青藍は試行錯誤を繰り返していたようだった。そうして今朝やっと納得いくものができたのだろう。

青藍は、細長い桐箱《きりばこ》を無言で朝日に差し出した。表には短冊状の和紙が貼られていて、筆書きで『花なき里』と記されている。

朝日が震える手で、それを受け取った。朝日にとっては祖母の思い出そのものだ。普通の扇子《せんす》より少し大きく、骨が太い。しなやかな竹で作られたそれらの骨は真っ白に塗られていた。

朝日の指がぱちりと扇子を開く。

——雪だ。

茜は息を呑んだ。扇子から、はらりと雪が舞い落ちたような気がしたからだ。

青藍がぽつりと言った。

「それは、春の定番柄《ていばんがら》『花散る』の柄や」

茜は身を乗り出して、朝日の手元をまじまじと見つめた。舞い落ちたと思った雪片《せっぺん》は、確かに桜の形をしている。

「白の地に、藍白《あいじろ》と白磁、真白で重ね刷りをしてる」

青藍の言う通り、白の雪片は一つ一つ美しい陰影がついていた。ほんのわずかだけ色を変えて何度も刷られたそれは、それぞれが浮き上がって見える。

色の使い方なのだろう。形は桜でも、ふわりと揺らすとそれはすぐに雪片に変わった。

「『花散る』と『花なき里』は、対《つい》になってる」

青藍が続ける。

——霞《かすみ》立ち木《こ》の芽もはるの雪降れば　花なき里も花ぞ散りける

紀貫之《きのつらゆき》の歌だと青藍が言った。

「春に雪が降れば桜の咲かない里も、花びらが散っているように見えるていう歌やな」

だから月白は桜の花びらの形で雪を描いたのだ。青藍がそこでふと唇にわずかな笑みを乗せた。

「あの人は、そういう遊びが好きやったから」

朝日が開いた扇子をまじまじと見つめた。

「不思議。地《じ》も雪も全部白なのに、それだけで本当にきれい」

ふん、と青藍が鼻を鳴らした。

「——当然や。月白《つきしろ》さんの版木にぼくが色をのせたんや」

朝日が唖然とする中、茜と陽時は顔を見合わせて笑った。

青藍は謙遜《けんそん》しない。己《おのれ》が美しいものに、何より真摯《しんし》だと知っているからだ。

青藍が朝日にその扇子を差し出した。

「この扇子は、これで完成やないと思う。舞扇子は舞うてこそや。……ぼくでは、雪を降らされへん」

陽時がぼそりと言った。

「……お前、自分でやってみたの？」

青藍がふいとそっぽを向く。仕事部屋で一人、この扇子をゆらゆらと揺らしてみる青藍を想像して、茜は思わず噴き出しそうになった。

青藍がぎゅう、と眉を寄せた。

「……雪が舞うとこ、見たい思たんや」

本当に、この人は美しいものに貪欲《どんよく》だ。

朝日は扇子を受け取って、立ち上がった。一歩下がって両足で畳を軽く踏む。

「──……ちゃんとお稽古《けいこ》してたの、小学生までなの。美野里さんに少し教わったけど……真面目《まじめ》にやっておけば良かったって、今、後悔してる」

朝日が小さく息を吸う。ぱちり、と音がして、するすると扇子が開いた。

とん、とつま先が畳を踏みしめる。腰を落として一歩前へ。開いた扇子を手のひらに乗せるように──ゆら、ゆらと朝日の手首がしなやかに揺れた。

真白の扇子が、一瞬風になびいたかのように見えた。

「わ……」

茜は思わず声を上げていた。はらり、はらりと雪が舞う。

それは桜が風に吹き散らされる様によく似ていて——けれどずっと静かで美しい。

眠たそうだった青藍の瞳は、その内側にきらきらと光を内包していた。目を細めて舞い散る雪に見入っている。

ほんのわずかな——冬の終わりの景色だった。

朝日の手が扇子を畳む——再びぱちり、と音がして、その瞬間夢が覚めたようだった。

青藍がふう、と小さく息をついた。

「——なるほど。これはえらい評判になったやろな」

四十五年前、座敷で月白も同じものを見た。その場に集《つど》った人たちはみな、この様子を絶賛したことだろう。

どこか夢見心地のまま、茜は首をかしげた。青藍が口元に笑みを刷《は》いた。

「これを見たら、あの扇子屋はえらい腕やてあちこちから仕事がくる。跡継ぎとしてのお披露目《ひろめ》の座敷と同時に、取引先への宣伝やったんや」

青藍が、ふと目を細めた。

「月白さんも、もともとは久我《くが》の人やないから——……」

月白は号だ。本名を久我若菜《わかな》という。月白が結扇《ゆいせん》を継いだのは、三十もそこそこの頃。

それまではこの結扇に雇われていた一介の絵師だったそうだ。

「久我も東院《とういん》の分家や。その頃は仕事のほとんどを、東院に依存してたて聞いた」

茜も東院家の絵を何度か見たことがある。東院流と呼ばれるほど特徴があり、精緻《せいち》かつ繊細で薄墨と白の余白を主とする。かつては御用絵師として、江戸城や御所《ごしょ》に召し抱えられていた。

その色のない精緻な東院流を——太陽すら灰色で塗りつぶすその絵を、月白はつまらないと言う。

「代替わりした途端に東院と袂《たもと》と分かって、結扇だけでやっていくつもりやったんやろ」

あの人らしい、と青藍が肩を震わせた。

これほど見事な扇子だ、次の年からは食うに困らないだけの注文が入ったことだろう。

陽時がどこか誇らしげに言った。

「月白さんは商売人で、芸術家だったからね」

茜は朝日が大切に抱えている、雪の扇子を見やった。

つき版を追っていると、月白と同じ景色を追っているような気がすると、あの時茜はそう思った。まるで、縁側で同じものを見ているようだと。

「この雪の扇子は、月白邸の始まりなんですね」

青藍がわずかに目を見開いた。

「――……そうやな」

青藍と陽時の――そして茜の居場所である、月白邸の。

青藍がひどく愛《いと》おしそうなものを見る目で、そうつぶやいた。

御所南《みなみ》、寺町二条《てらまちにじょう》のあたりに和菓子屋がある。その前で、茜はがちがちに緊張しながら待っていた。

今から朝日と待ち合わせなのだ。

雪の扇子のお披露目があった後、茜は朝日と連絡先を交換した。

それから一週間ほど経《た》って、朝日からお茶のお誘いがあったのだ。聞きたいことがあると朝日は言った。

二階の喫茶室に上がって、茜も朝日も名物のかき氷を頼んだ。茜は季節限定の春苺《はるいちご》、朝日はオーソドックスに宇治金時《うじきんとき》だ。

ふかふかのかき氷にはとろりと濃い苺の蜜がかかっていて、茜はごくりと喉《のど》を鳴らした。きめ細やかな氷は苺の甘酸っぱい蜜のおかげで、さくさくとスプーンが進む。

他愛《たわい》のない話で互いにかき氷を半分ほど消化したところで、朝日が真剣なまなざしで言った。

「――……望み、あると思う？」

陽時さんのこと、と消え入りそうな声で言う。

ここでなんのこと、と問い返すほど茜は鈍《にぶ》くない。朝日が両手で顔を覆《おお》った。

「自分でも単純だって思うんだよ。助けてもらったからって。でもあたしやっぱり、恋愛体質なのかな」

朝日が、でもね、とわずかに目を細めた。

「あの人あたしに、言ってくれたでしょ。好きは優しさじゃないって。それが……自分に言い聞かせてる気がして。この人もろくな恋愛してないんだろうなって思ったら……」

朝日がまっすぐ茜を見つめた。

「あたしが、その手をつかむのって、変かな」

茜は胸がいっぱいになった。一生懸命首を横に振る。

陽時の気持ちを茜は推《お》し量《はか》ることができない。陽時の手を、そして朝日の手をどんな人がつかむのか、まだ誰にもわからないのだ。

けれど朝日も陽時も幸せになってほしいと、心からそう思う。

「わたし、応援しますよ」

茜がそう言うと、朝日は本当にうれしそうに笑った。陰りのない笑みだった。

「──……いいなあ」

意図せずに口からこぼれ落ちた。朝日がきょとんと首をかしげる。茜はあわててごまかすようにかき氷を頬張った。

あれだけ美味《おい》しいと思ったのに、今は味がよくわからない。

「その……朝日さんがおそろいだって言ってくれたのに。わたしはまだ、みんなに心配をかけてばっかりなんです」

妹の方がよほどしっかりしている。自分だけがただ一人、立ち止まっているのだ。

「わたしも……お父さんやお母さんのこと、ちゃんと吹っ切らなくちゃいけないのに」

「──茜ちゃん」

目の前で朝日が笑った。

「焦《あせ》ったって仕方ないんだよ。ゆっくりで大丈夫だよ」

茜は小さくうなずいた。ほら、また他人に心配してもらっている。

喉の奥が苦く、どうしてだかずっと胸の奥が重苦しかった。

三　父の竹取物語

1

二月も末になると、春の気配はいっそう色濃くなる。

茜《あかね》は地下鉄東山《ひがしやま》駅の階段を足早に駆け上がった。地下に吹き込む風で、紺《こん》色のワンピース風の制服がなびく。

階段を上がる足取りがどことなく軽いのは、今日で学年末テストが終わったからだ。

ここ数日、茜は勉強のためにずっと離れに引きこもっていた。夕食もたいしたものを作ることができていなかったし、朝のコーヒーもインスタントだった。

青藍《せいらん》も陽時《はるとき》もそれで何か言う人ではないが、ゆっくりキッチンに立って料理をすることも、コードリッパーに湯を注ぐ、あの瞬間の香りを一番に味わうことも、茜にとっては大切な楽しみの一つだ。

今日は盛大に美味《おい》しいものも作りたいし、久々に豆から挽《ひ》いたコーヒーを飲みたい。

地下鉄東山駅からしばらく歩くと、神宮通《じんぐうどおり》と呼ばれる平安《へいあん》神宮の参道に出た。

その先、ゆったりと流れる琵琶湖疏水《びわこそすい》には、朱《しゅ》色の橋が夕日の赤を鮮やかに照り返している。疏水の水面《みなも》を覆《おお》い隠すように枝を伸ばす桜の木が、すでにふっくらとしたつぼみをつけていて、花開く春の瞬間を今か今かと待ち望んでいるようだった。

橋を渡ると、橙色《だいだい》の夕空を背景に大鳥居がそびえ立っている。左右には美術館と図書館、広い道路を挟んで赤と緑が鮮やかな平安神宮が広がっていた。

玉砂利の敷かれた参道と、その奥に見える荘厳《そうごん》な門を見つめて、茜は立ち止まった。

見上げる空はどこまでも高く、道路も広くて吹き抜ける風がよく通る。西にはとろけるような橙と朱色の夕焼けが、東には悠々とそびえる東山と、薄紫と紺の混じる空が広がっていた。山の端《は》からじわりと夜が迫ってくる。

鮮やかに彩られたこの岡崎《おかざき》の入り口は、この世のものとは思えないほどに美しく――時に少しさびしい。

ふいに寒くなって茜は空から視線を落とした。いつも茜の隣でくくった髪を揺らすすみれは、今日もいない。

すみれと茜はほとんど一緒に帰らなくなった。

茜がテストで忙しかったこともあるし、すみれも放課後、友だちの家に行ったりして遊んで帰るようになったからだ。

さきほどまでの浮かれた気持ちは、すっかり風に吹き散らされてしまった。

空っぽの手がとても冷たく感じて、茜は振り切るように足早に月白邸《つきしろてい》への帰り道を歩き始めた。

――母屋《おもや》のリビングで、くるりと愛らしい四つの瞳に見つめられて、茜は文字通りぎしりと固まった。にゃあ、と弱々しい声で鳴いたそれらの前足が、もぞもぞと動く。

「――……かわいい」

きゅうっと胸が高鳴る音を聞きながら、茜は思わずそうつぶやいていた。

ソファの上に大きなバスタオルが敷かれていて、子猫が二匹縮こまっていた。片方は黒、もう片方は黒と白の斑《まだら》模様で、どちらも生まれて数週くらいだという。

床に膝《ひざ》をついて、すみれが熱心にその二匹をのぞき込んでいる。その隣で青藍が肩を寄せていて、向かいのソファでは陽時がその光景を微笑ましそうに見つめていた。

「うちの前で鳴いてたのを、すみれちゃんが見つけてくれたんだよ」

二匹は兄弟猫のようで、捨てられたのか迷子になったのかはわからない。しばらく経《た》っても親猫が迎えに来る様子がないから、保護したと陽時が言った。

その後陽時が医者に連れていってくれて、ようやく一段落したところだそうだ。

「おれが飼い主探すからさ、ちょっとの間、ここにおいてやってよ」

陽時がそう言うと、青藍がぎゅっと顔をしかめた。唸《うな》るようにつぶやく。

「お前の家に連れて帰れ……」

「うちの実家がこういうのかわいがってくれるところじゃないの、知ってるだろ」

陽時の実家は大阪《おおさか》にある絵具商、紀伊《きい》家だ。東院の古い分家でしきたりに縛られた旧家だった。子猫がじゃれるなど許されないのだろう。

陽時がバスタオルの上を指した。

「とりあえず、黒い方がクロ。白黒の方がマダラって名前ね」

「そのままじゃないですか」

茜は笑いながらそっと手を差し出した。二匹は細い尻尾をぱしぱしと揺らしながら、ふうう、と低く唸る。マダラの方が少し体が小さく、クロがかばうように、茜の手にぱしりと前足をぶつけた。

「茜ちゃん、だめだよ。まだ怖がってるんだよ」

すみれに言われて、茜はあわてて手を引っ込めた。

全身の毛を逆立ててこちらを睨《にら》み付けるクロの瞳は、透き通る淡いガラス玉のような瑠《る》璃《り》色、マダラの瞳は薄い青の混じる透明感のある緑色だ。

じり、と下がるクロの後ろ足が、バスタオルからはみ出した。下は革張りのソファだ。爪がつるりと滑って、小さな体がころりとソファから転がり落ちた。

「危ない！」

茜があわてて腰を浮かせた瞬間、咄嗟《とっさ》に手を伸ばしたのは青藍だった。小さな身体を受け取めてほっと息を吐いた瞬間、手の中でばたばたともがくクロに青藍の体がぎしりと硬直した。手に乗った子猫を扱いかねておろおろとしているように見える。

「……茜」

どこか縋《すが》るような瞳を向けられて、茜は首を横に振った。

「動かすとその子、びっくりしちゃいますよ」

差し出したまま固まった青藍の手を、クロが興味深そうに、たしたしと踏んだり頬を擦《こす》り付けている。そのうちマダラも青藍の腕にひょいと飛び乗った。

今度こそ青藍の肩が跳ね上がった。

「茜！」

「大丈夫ですって」

茜は青藍が初めてすみれと出会った時のことを思い出した。小さくて柔らかなすみれの手につかまれて、その小ささと頼りなさにおののいていた。

この子猫たちに対しても同じなのだろう。獣の瞳をこわばらせながら、それでも傷つけないように身動きの取れない優しい人だ。

ソファの向かいで陽時が噴き出した。

「よりによって青藍に懐《なつ》くんだ」

「冗談やない。茜、なんとかしろ」

青藍が錆《さ》びた機械のように、ぎしぎしと音が聞こえそうな動きでこちらを向く。

陽時は、もう声も出ないくらい笑いころげていた。

だって、と茜はむすりと頬を膨《ふく》らませた。茜が手を伸ばすと、途端にクロとマダラはぶわっと毛を逆立てた。

それがなんだか悔しくて、茜はわざと拗《す》ねたようにつぶやいた。

「わたしには懐いてくれませんし。青藍さんがいいんですよ」

クロとマダラは小さな爪を引っかけて、青藍の着物を絶対に離すまいとしている。

青藍の手の上で存分に遊んだクロは、やがてマダラと二匹、青藍の膝の上でごろりと転がった。

おろおろしながら、結局二匹の猫を膝に乗せたまま固まっている青藍が妙にかわいく見えて、茜も顔をほころばせた。

青藍の膝の上で落ち着いていたクロとマダラが、ふいにぴくりと体を持ち上げた。瑠璃色と淡い緑色の目がじっと窓の外を見つめている。

にい、とクロが鳴いた。マダラが追うように、にいにいと続ける。か細くどこかさびしそうに聞こえた。

青藍の隣でおとなしく猫を見つめていたすみれが、ぽつりと口を開いた。

「誰かを呼んでるのかな」

「親猫か兄弟かもしれないね」

陽時がそう言うと、すみれが唇をぎゅうっと結んだ。

クロとマダラがどうして月白邸の前で鳴いていたのかはわからない。生まれたばかりで親から引き離されて、捨てられたのかもしれない。体が弱いからと、親猫に見放されてさまよっていたのかもしれない。

「……じゃあ、クロとマダラは二人っきりなんだね」

すみれはどこか思い悩むように、じっと二匹を見つめたままだった。

——その日の夜。

茜は何か聞こえた気がしてふと目を覚ました。ふるりと身震いする。春が近いとはいえ、夜はまだひどく冷える。のそりと身を起こした茜は、隣を見て血の気が引いた。

「すみれ……？」

隣で眠っているはずのすみれがいない。めくれ上がった布団が冷たくなっていてずいぶん前に抜け出したようだとわかった。

どこに行ったのだろう、とあわてて周囲を見まわしているとトントン、と離れの引き戸を叩く音がした。茜を起こしたのはこの音だったのだろう。

「――かね、茜」

その声を聞いて、茜はあわてて立ち上がった。

引き戸を開けると、ぼんやりとした外灯の光の中に青藍が立っていた。寝間着として使っている藍《あい》色の着物の上に、分厚い羽織を着ている。腕にはすみれを抱きかかえていた。

「起こしたな、悪い」

すみれが身じろぐのがわかって、茜は無意識のうちにつめていた息を吐き出した。

「……いえ。すみれ、どうしたんですか」

「わからへん。仕事してたら、庭でうろうろしてたのを見つけた」

こんな夜中に、と茜は眉を寄せた。

半分瞼《まぶた》を落として眠たそうなすみれは、青藍にぎゅうっとしがみついている。手も足もあちこち泥だらけで、髪には葉っぱもついている。夜中に突然起き上がって遊んでいたわけでもあるまいし。

「どうしてこんな時間にお庭にいたの？」

茜がそう問うと、すみれはぶんぶんと首を横に振った。

「……なんでもない」

月白邸の庭は広い。外灯のない真っ暗な場所がいくつもあって、夜に一人でうろうろするのは危ない。庭の中で迷子になったり、怪我《けが》をすることだってあるかもしれないのだ。

「危ないよね、すみれ。何か用事があるなら、わたしと一緒に行こう？」

すみれが一瞬茜を見た。引き結んだ唇がふるりと震える。茜は、すみれの目尻が赤く腫《は》れぼったくなっているのに気がついた。泣いていたのかもしれない。

「なんでもないよ」

すみれは青藍の腕からとび下りると、部屋の中に駆け込んでいった。ばさりと頭まで布団をかぶって、くるりと丸まってしまう。

これではまるで父が亡くなった直後のすみれに戻ったみたいだ。何を言っても頑《かたく》なに、なんでもないと言っていた頃のすみれだ。

やがてすう、と寝息が聞こえて、茜と青藍は顔を見合わせた。

茜は眠ってしまったすみれの小さな手を握りしめた。

「……大事なことほど、一人で抱え込んじゃうんですよね、すみれ」

もっと妹に頼ってほしいと思うのに、どうしたって上手《うま》いようにいかない。

妹との距離感をはかりかねている。

「——お母さんがいたらな」

自分でも無意識のうちに、そうつぶやいていた。

笹庵の家で泣きやまないすみれを抱きしめている時。すみれがなんでもない、と首を横に振る度《たび》、茜はいつもそう思った。

母はすみれを泣きやませるのも、話を聞くのも上手だったからだ。

母の手が、泣きわめいているすみれの頭をそうっと撫でる。どうしたの、びっくりしたの、と優しい声でささやきながら何度か撫でているうちに、小さなすみれはすっかりご機嫌になってしまうのだ。

そんな母の声も手もまるで魔法みたいで、茜もすみれもそれが大好きだったのだ。

お母さんが、うんうんとうなずいて聞いてくれるのがうれしくて、二人でいつも何でも母に話した。今日あったこと、空の色、お父さんが料理を失敗したこと、お友だちと遊んだこと。

ふいに、その母の手のあたたかさを思い出した。

ぐっと胸が詰まる。

無性にあの手と声が恋しかった。

「――茜」

青藍のぶっきらぼうでいてどこか気遣《きづか》わしげな声に、茜ははっと顔を上げた。あわてて首を横に振る。

「すみません。大丈夫です」

青藍の黒曜石の瞳がじっとこちらを見つめている。なんだか居心地が悪くて、茜はごまかすように笑ってみせた。

三月の初旬、月白邸の庭には桃が花を付け始めていた。

濃いピンク色の花が、木に連なるようにころころと花を付ける。花びら一枚一枚はレースのようにしなやかで柔らかく、寄り集まってふっくらとした形を作り上げていた。

月白邸に三木涼《みきりよう》が訪ねてきたのは、春風に淡く桃が香るそんな頃だった。

「――あんた、まだいてたんか」

玄関に迎えに出た茜を、涼が胡乱《うろん》げに睨み付けてくる。

茜と同じくらいの身長に小ぶりな童顔、両耳のシルバーピアス、短く切りそろえられた髪の下の、ややつりがちの挑むような鋭い目つきもあいまって、どう贔屓目《ひいきめ》に見ても二十三歳には見えない。

グレーのセットアップスーツが高校生が着るブレザーの制服に見えるな、と思った茜だが、そのヤンキーじみた目つきにギロリと睨みつけられて、すっと目をそらした。

涼は広告代理店、株式会社ＥａｓｔＧａｔｅの営業だ。そして今のところ茜が知る限り、青藍が気に入る仕事を見つけることのできる、数少ない人間でもあった。

「あっ！」

リビングから駆け出してきたすみれが、涼を見つけて叫んだ。敵意むき出しの目で涼を睨みつける。

「また来た！」

誰に対しても屈託なく明るいすみれは、しかし涼に対してはどこかつっけんどんだ。茜とすみれが月白邸に住んでいるのを、涼が快《こころよ》く思っていなかったのを忘れてないのだろう。

「すみれ、挨拶《あいさつ》」

茜がそう言うと、すみれがしぶしぶ涼を見上げてぺこりとお辞儀した。

「……こんにちは」

むすっとした顔でそう言って、すみれは玄関に用意してあった自分の靴に足を突っ込んだ。肩からはいつものピンク色のポシェットを下げている。

「茜ちゃん、行ってきます」

「ちゃんと夕方には帰るんだよ」

「うん！」

うなずいたすみれは、春の陽の中を駆け出していった。

茜は走っていくすみれの背を見つめて、小さく嘆息《たんそく》した。最近すみれは児童館に行かなくなった。学校でも、友だちの家でもないところで遊んでいるらしい。どこで何をして遊んでいるのか、全身土汚れや草にまみれて帰ってくるようになった。

何かを隠しているのだろうと思うのだけれど、茜には何も話してくれないままだった。

「青藍さんが待ってます」

そう言ってリビングに案内すると、涼はソファに座っている青藍に、目をこぼれ落ちそうなほどに見開いた。

「……何してるんですか、青藍さん」

ソファではうんざりした顔の青藍が、二匹の子猫にまとわりつかれていた。

クロとマダラは、どういうわけか未《いま》だ青藍にしか懐かないのだ。

クロが短い前足で着物を引っかけて肩までよじ登り、マダラは何が楽しいのか、膝の上で、諦《あきら》めたように投げ出された青藍の手をぱしぱしと叩いている。

子猫が頬を擦り付ける度《たび》に、いちいち体を硬直させる青藍が気の毒だが面白くて、茜はふふ、と笑った。

「月白邸の前で拾った猫なんですけど、青藍さんだけに懐いちゃったんです」

最近青藍は、絵以外の仕事はリビングに持ち込むようになった。子猫たちは青藍を探して邸《やしき》中を駆け回るので、下手《へた》に仕事場を荒らされるくらいなら、と思ったらしい。

おかげで始終不機嫌だが、そこで子猫たちを切り捨ててしまわないところが、青藍の優しさだと茜は思う。

まとわりつく子猫たちに鬱陶《うっとう》しそうに眉を寄せながら、それでも時折ふ、と青藍の表情が緩《ゆる》むことがある。それを見るのが茜の最近の密かな楽しみでもあった。

椅子に鞄を置いてジャケットを脱いだ涼が、ぽつりと言った。

「——青藍さんて、あんな顔するんやな」

涼もかつて月白邸に住んでいた住人の一人だ。六年前まで青藍と共に暮らしていた。

——涼も青藍と同じ、普通ではたどりつけない高みに上りつめた人間だった。

中学一年生で起業して二年後にその会社を売り、十五歳でひと財産を築いた。遊び場は広大なネットワークの中で、四六時中パソコンのモニターに向かい続け、親も教師もみんな馬鹿だと思っていた頃。

通信制の高校一年生の時に、涼は月白邸に預けられ青藍に出会った。

青藍の絵と、それに向かい続ける姿勢は涼を強く惹《ひ》きつけた。

自分と同じ速さで、同じ密度で——同じ高い場所で生きている人間に、涼は初めて出会ったのだ。

涼にとって青藍は憧《あこが》れだった。

いつもまっすぐに絵だけを見つめていて、誰も手の届かない至高の頂《いただき》にいる。そういう人物だった。

その表情を変えられるのは、昔馴染みの陽時と、そして師である月白《つきしろ》だけで——その月白を失った青藍の六年間を、涼も知っている。

月白の遺《のこ》した課題だけを見つめて生きていた、青藍のぐちゃぐちゃに壊れた六年間に、仕事を持ってきては青藍の興味を引くことで、なんとか絵師『春嵐《しゅんらん》』の命を繋《つな》いでいたのは涼だ。

誰より美しさに真摯《しんし》な天才が息を吹き返すのを——涼はずっと待っていたのだ。

「……良かった」

唇を結んでぽつりとつぶやいたのを、茜は聞かなかったふりをした。

涼がはっと顔を上げて、わざとらしく腕を組んでみせる。

「言うとくけど、あの人が一番いい顔するんは、絵に向かってる時やからな」

「あ、それはわかります！」

茜は思わず勢い込んで言った。あの、美しいものを生み出す瞬間の青藍の瞳が、時折うっすら笑みを浮かべて楽しんですらいるあの表情が、茜も大好きだからだ。

涼がぎゅっと顔をしかめた。

「はあ？　わかった風な口きいてんなよ。仕上がった絵を眺めてる時の、めったに見られへん穏やかな顔とか……あと使ってる絵具の状態が良くて、色置くのが楽しなってもうてる時とか、知らんやろ」

それは知らない、と茜は唇を噛んだ。なんだか悔しくなって思わず言い返す。

「お気に入りのお豆腐を食べてる顔とか、ちょっと子どもっぽくてかわいいんですよ」

今度は涼が悔しそうにぐう、と唸る。

涼は茜のことを気に入らないと言うが、茜は涼のことが嫌いではない。青藍の生み出す美しさに呑まれているのはたぶん、茜も同じだからだ。

それと同時にあの人の優しさや孤独を知っていて、見ているばかりで何もできないと悔しい思いをしていることも。

涼ははっと我に返ったようにふんと鼻を鳴らした。

「言うとくけどな、おれはまだお前が月白邸にいてるん、認めてへんからな。百歩ゆずって離れはええとしても、青藍さんの仕事場まで入り込んで――」

そこで涼がきゅっと唇を結んだ。茜が振り返ると、猫たちをソファに置いた青藍が腕を組んでのそりと立っている。その鋭い瞳で涼を見下ろしていた。

「涼」

「――……はい」

涼の頭のてっぺんから足のつま先までがピン、と伸びた。蛇に睨まれた蛙《かえる》というか、猛獣に睨まれた子犬のようだ。

やがて沈黙に耐えかねた涼が、ふてくされたようにそっぽを向いた。

「……おれも、ここで一緒に暮らしたいっす。なんでこいつらだけ……」

青藍はふ、と嘆息した。

「お前は――ちゃんと自分で、ここから出ていったんやろ」

涼がうつむいたままうなずいた。

涼が高校二年生の年、月白が死んだ。憧れていた青藍が壊れていくのを見て、涼が選んだのは絵師『春嵐』を救う道だ。

実家に戻って国立大学に合格した涼は、長かった髪をばっさりと切って茶色に染めた。

そして入学するや否《いな》や、アルバイトとして入ったＥａｓｔＧａｔｅから、青藍に仕事を斡《あっ》旋《せん》し始めたのだ。

卒業してそのままＥａｓｔＧａｔｅに就職した涼は、アルバイト時代の実績もあいまって、今や同期の中では出世頭《がしら》だ。

茜は真剣な顔で青藍の話を聞いている涼から、ふと目を逸らした。最近、誰もかれもがまぶしく見えていけない。

ふてくされたような涼に、青藍がふと笑みを浮かべた。

「夕飯ぐらいは、食べて帰るんやろ」

その瞬間、ぱっと涼が顔を輝かせたのがわかった。

「美味《うま》い酒、持ってきたんです！」

青藍の部屋の障子絵《しょうじえ》には涼の姿も描かれている。ふかふかの茶色の毛並みを持つ子犬の絵だ。

満面に笑みを浮かべて青藍を見上げる涼に、ついているはずのない尻尾がぶんぶんと振られている気がして、茜は微笑ましくなった。

――青藍と涼が猫に占領されているソファを避けて、居間の椅子に向かい合わせに座った。涼がファイルから資料を取り出しているから、仕事の話になるのだろう。

コーヒーと茶菓子を出して、その場を辞そうとした茜を涼が呼び止めた。

「お前も、聞いといたほうがええと思う」

茜は目を瞬《しばたた》かせた。

「……お仕事の話ですよね。わたし、ご一緒していいんですか?」

気が強くいつも睨み付けるような視線の涼にしては、珍しく戸惑《とまど》ったような声でうなずいた。茜は青藍と顔を見合わせて、困惑《こんわく》したままその隣に腰掛けた。

広告代理店であるＥａｓｔＧａｔｅの中でも涼の所属する営業部営業二課は、大手企業と組んだプロモーションやイベントを引き受けることが多かった。

今涼たちのチームが中心になって進めているイベントは、大手百貨店との共同企画だった。催事場を借り切って、京都の若い職人たちを集めた期間限定のマーケットを開くという。

その企画の一つとして、限定商品を手がけることになったそうだ。

「――一乗寺《いちじようじ》に個人でやったはる小さなお香の店があるんです」

一乗寺は京都の北東に位置する界隈《かいわい》だ。鴨川《かもがわ》の東、比叡山《ひえいざん》の山際《やまぎわ》にあたる場所だった。

おしゃれなアンティークショップや喫茶店が集まる場所でもあり、最近は観光客からも注目を集めている。

そこに一人の職人が、古い洋館を利用して香の店を開いた。

職人である店主本人が調香を手がけ、練り香や線香をはじめ、香立てや香水、石鹸《せっけん》まで香りものを主《おも》に取り扱う店だ。

このイベントに合わせて、限定パッケージの線香をいくつかリリースする予定なのだという。

涼が青藍に渡した企画書を、茜も横からのぞき込んだ。

「絵巻物や御伽噺《おとぎばなし》をモチーフに調香してもらって、それをクリエイターの限定パッケージで出すていう企画なんです」

全部で五種類の絵巻物や御伽噺をイメージした調香を行い、それのパッケージ画をイラストレーターや版画作家、フォトグラファーと様々なクリエイターたちに製作してもらう予定だという。

そのうちの一つを青藍に頼みたいと涼は言った。青藍が企画書に目を落として、わずかに目を細めた。

「――竹取物語絵巻か」

涼がうなずいた。

「いわゆる『かぐや姫』っすね。京都っぽいし伝統もあってええんですけど、正直モチーフとしては使い古されてる感もあるんで――」

ちらり、と涼が青藍をまっすぐに見つめた。

「春嵐ならきっと新しい『竹取物語』を描ける。そう思て、この仕事持ってきました」

青藍の瞳が、きゅうと細くなったのがわかった。

「……香りは」

「まだ試作品らしいんですけど、もろてきてます」

涼が鞄の中から簡素な白い箱を取り出した。その中には陶器の丸い皿が入っていて、真ん中に小さな穴が開いている。

別の箱から取り出した十センチほどの線香を斜めに立てて、おもむろにマッチで火を付けた。

ゆらり、と灰色の煙が立ち上った。

――最初は清涼な竹の香りだと思った。どこか苦みがあって竹林を吹き抜ける風を思わせる。やがてそれは冷たさを帯び――深い夜の香りに変わる。

茜は目を閉じて、深く息を吸い込んだ。

複雑な香りが折り重なる。どこかに青藍がいつも使う、白檀《びやくだん》の香りが混じっていた。

夜の空を見上げて――真上に、満月が浮かぶ。

「……ええ腕やな」

隣から青藍の声が聞こえて、茜ははっと目を開けた。そこはいつもの月白邸のリビングだ。瞼《まぶた》の裏にはまだ月の光がゆらゆらと揺らめいている気がする。

ほんの短い線香が、これほど複雑な香りを持つものだとは思わなかった。若竹の香りも、夜の月を思わせる複雑に織り込まれた香りも、確かに竹取物語を意識して作られているとわかる。

青藍がふ、と笑った。

青藍の瞳の奥にもきらきらと光が宿っていた。熱を帯びた瞳はきっと、茜の知らない景色を見ているに違いない。

「お前の仕事は、相変わらず悪ないな」

涼の顔が興奮で赤くなる。嫌いな仕事は受けない、仕事の選《え》り好みの激しい天才絵師春嵐の興味を引くことにかけては、涼の右に出る者はいないと茜も知っている。

青藍はきっとこの仕事を受けるだろう。あの指先から美しく描き出される世界を見るのが待ち遠しい。茜がわくわくと心を躍《おど》らせている時だった。

涼がふと顔を曇らせた。

「でもこの仕事……先に言うとかなあかんことがあって」

そこでちらりとこちらを見るものだから、茜は怪訝《けげん》に思った。

「この『竹取物語絵巻』のは、実は最初、青藍さんへの依頼やなかったんです」

え、と声を上げたのは茜だった。

絵師『春嵐』の仕事にこだわる涼が、一度他の人に依頼されたものを青藍に持ってくるのは、意外な気がしたからだ。青藍もそう思ったのだろう。ぎゅうと眉を寄せる。

「それやったら、そいつが断ったんか？」

「……見つからへんかった、いうんですかね」

涼が一度深く嘆息した。

「おれも迷たんです。でも、その人の代わりは青藍さんしか思いつかへんかった。——月白邸に七尾《なな お》姉妹がいるから」

茜の心臓が、どくりと妙な具合に鼓動を打つ。

「この仕事、最初はある絵師を探してくれて言われた。……東院《とういん》家にいるはずの——東院樹《いつき》さんや」

——ここで父の名を聞くと思わなかった。

茜は今度こそ息を呑んだ。

2

次の休日、茜は青藍と共に一乗寺を訪れた。

京都の観光スポットの中でも穴場にあたり、曼殊院《まんしゆいん》や蓮華寺《れんげじ》は秋には美しい紅葉を見ることができる。ラーメン屋がたくさんあることでも有名で、昼間には行列ができているのが常だった。

近くに大学がいくつもあるおかげで、学生の街という印象も強い。京都の中心部からやや離れているせいか、茜も京都に住んで四年になるが、ちゃんと訪れたのは初めてだった。

車を降りると、ぽかぽかとあたたかい春の日差しが降り注ぐ。

茜はポケットから、涼が置いていったショップカードを取り出した。厚みのある和紙に銀色の箔押《はくお》しで『I・RO』と書かれている。裏を返すと小さな地図があった。

「すみません、付き合ってもらってしまって」

この店の主に会ってみたいと、そう言ったのは茜だ。

父はあまり自分のことを話さない人だった。父が東院家という絵師の一族の出身だったことすら、茜は父が死んだ後、迎えに来た叔父《おじ》から聞いて初めて知ったのだ。

この店にいる人は、少なくとも茜の知らない父のことを知っているかもしれない。そう思ったら、いてもたってもいられなくなった。

青藍がふい、とよそを向いた。

「ぼくも、話聞きたいて思てたから」

この仕事を受けるべきかどうか、青藍もまだ決めあぐねているようだった。

一乗寺の駅からほんの数分のところに、『I‐RO』はその小さな店を構えていた。

赤い煉瓦《れんが》造りの古くて小さな洋館だ。二階建てのこぢんまりとした家で、両開きのアーチのような窓がたくさんついている。

玄関ポーチは柔らかな水色で、開け放たれた飴《あめ》色の扉には『OPEN』と書かれたプレートがぶら下がっていた。

おそるおそるのぞきこんだ店内は、窓から入る柔らかな春の光で満たされていた。高い天井からは丸い電球が下りていて、ステンドグラスのようなランプシェードが覆《おお》い被《かぶ》さっている。外からの光に青や緑が淡く混じっていた。

店の中は和洋を上手く折衷《せっちゅう》した造りになっていた。奥には古いガラスの食器棚を利用して、香水のボトルがびっしりと置かれている。店内の中央には、腰の高さほどの什器《じゅうき》が並べられている。どれも細かな彫刻が施《ほどこ》されていて、その上に香のパッケージが展示されていた。

陽のたっぷり当たる壁際には、細かな刺繍《ししゅう》の施《ほどこ》された臙脂《えんじ》色のソファセット。そこに座っていた女性が立ち上がって出迎えてくれた。

南田彩葉《みなみだいろは》と名乗った彼女が、この店の店主兼調香師だという。

「三木さんから伺《うかが》っています。あなたが春嵐ね」

顔が小さくすらりとした女性だった。大きな瞳と顎《あご》から下のラインでくるりと巻かれたブラウンの長い髪が印象的だ。

体の凹凸《おうとつ》がはっきりしていて、赤いリブニットがまぶしいほどに似合っている。デニムは細身のシルエットで、ニットと同じ赤いパンプスが映《は》えていた。

眉を描いただけの化粧っ気《け》のない顔だが、目鼻立ちがもともとはっきりしているのだろう。目を伏せると顔に睫《まつげ》の影が落ちる。涼からもらった資料には四十近い年齢だと書かれていたが、歳よりずいぶん若く見えた。

猫のようなぱっちりとした瞳が茜を捉《とら》えた。

「あなたは？　春嵐さんのお弟子さんかしら？」

彩葉の声に、茜は誘い込まれるようにうなずいた。高すぎず低すぎず、人を魅了するような艶《つや》やかな声だ。

「七尾茜といいます。春嵐さんのお手伝いでお邪魔しました」

名乗る時に心臓が痛いほど緊張したが、彩葉はそう、と言ったきり微笑んで、青藍の方に向き直った。

部屋の中にふわりと香る甘い桜の香りに、青藍が足を止めた。

「これも、南田さんが調香しはったんですか」

甘い桜の香りの奥に、菜の花や桃や若草の複雑な春の香りが織り込まれている。目を閉じると、天気のいい春の野原に立っているような心地すらした。

「ええ。うちの春の一番人気なの」

彩葉の視線の先には二階に続く階段がある。つやつやに磨かれた飴色の階段は昔から洋館にあるものなのだろう。その先が作業部屋になっていて、そこですべての調香を行うのだと彩葉が言った。

『I-RO』は、もともと香と香立ての専門店だそうだ。

彩葉自身が調香し練り上げた線香や印香《いんこう》を、同じように一つ一つデザインされた香立てや香炉と共に販売している。

青藍がわずかに目を細めた。春の香りを堪能《たんのう》するようにふ、と息をつく。

「ええ腕ですね」

「画壇を沸かせる天才絵師にそう言ってもらえるなんて、光栄だわ」

茜と青藍は勧《すす》められたソファに腰掛けた。店の奥に引っ込んだ彩葉が、紅茶のカップを載《の》せた盆を手に戻ってくる。とろりと赤茶色の紅茶も、彩葉がブレンドしたのだろうか。店に満ちる春と同じ香りがした。

相変わらず、外で出されたものには手をつけない青藍は、そのカップを一瞥《いちべつ》して切り出した。どこか探るように彩葉を見上げる。

「『竹取物語絵巻』の香の話を、涼から聞きました。――もともと、ぼくに来るはずの仕事やなかったと」

彩葉が困惑《こんわく》したように微笑んだ。

「三木さん、そんなことまで言ったの」

「この仕事を頼むはずやった人の話を聞きたい。ぼくが仕事を受けるかは、それから決めたいと思てます」

それきり青藍は口をつぐんでしまった。あとは茜の役目だということだ。沈黙に不思議そうな顔をする彩葉に、茜は一つ息をついて震える唇を開いた。

「……あの、わたし東院樹の娘なんです」

その瞬間、彩葉の猫のような瞳がまるく見開かれた。

「樹くんの?」

彩葉の瞳が複雑に揺れる。やがて彩葉が絞り出すように言った。

「……樹くんは亡くなったと、三木さんから聞いたわ」

「はい。昨年の春に……」

あたたかな部屋に沈黙が満ちた。淡い紅茶の香りだけがゆらゆらと漂っている。

彩葉の瞳の色がめまぐるしく移り変わっていく。深い悲しみや落胆がぐるぐると渦巻いて彩葉の瞳をじわりと濡らしていくのがわかった。

父を悼《いた》んでくれる人がここにもいたのだ。そう思うと茜は少し不思議な気持ちだった。

東院は——笹庵の家では、口先で気の毒だと言ってくれる人はいたけれど、こんな風に悼んでくれる人はいなかった。

ずいぶん長い時間が経ったように思う。彩葉が詰めていた息を吐き出した。手入れの行き届いた指先で目尻を拭《ぬぐ》う。

「教えてくれてありがとう。一番辛《つら》いのはあなたたちなのにね。三木さんから聞いた時は、樹くんが死んだなんて嘘だって思った。……信じたくなかったのかもしれないね」

彩葉に勧められて、茜はカップの紅茶に口をつけた。ふわりとあたたかく、桜の香りがした。冷え切った心にじんと染《し》み渡る。

「七尾、というのはお母さんの名字？」

「はい。父は結婚した時に、母の姓を選んだみたいです」

そう、と彩葉が微笑んだ。猫の目がきゅうと細くなる。

「わたし樹くんと同じ大学だったの。京都の大きな芸術大学で同じ学年だった」

彩葉が一口紅茶をすすった。

「新しいお香のモチーフの一つに、『竹取物語絵巻』を選んだ時、真っ先に思い浮かんだのが樹くんだった。昔、わたし樹くんに言ったことがあったから」

真っ赤な唇が艶《あで》やかに微笑む。

「──君はかぐや姫みたいだね、って」

開け放たれた扉から風が吹き込んで、春の香を揺らしていった。

──東院樹という人は、大学の中でも群を抜いて有名人だった。

京都で芸術界を志《こころざ》していて『東院』の名前を知らないものはいない。彩葉が在籍していたデザインコースでも、樹の噂《うわさ》は何度も聞いたことがあった。

高校生の時から国内外を問わずコンクールでいくつも賞を取っているそうだ。どれほどのものかと、興味本位で友人たちと作品を見に行って、彩葉は息を呑んだ。

墨の濃淡を使い分ける巧みな技法、山肌の木々や生き物の毛並みの一つ一つまで描き込む精緻《せいち》な筆遣《ふでづか》いは、東院流のお手本のようだった。共に並べられている同年代の学生たちの作品が気の毒になるほどだったと彩葉は肩をすくめた。

「こういう人を天才と言うんだって、よくみんなで話したわ」

二年目の学祭の時、彩葉は初めて樹本人と出会った。彩葉は学祭実行委員で、樹は教授に言われてしぶしぶ参加していたように見えた。

初めて東院樹を見た時、変わった人だ、と思った。

いつもどこか遠くに目を向けていて、ぼんやりとしているように見える。まるで別の世界で生きていて、心ここにあらずといった不思議な雰囲気だった。

その浮世離れした雰囲気に、彩葉は心惹《ひ》かれた。

彩葉はふいに茜に向かって悪戯《いたずら》っぽく笑ってみせた。

「それで学祭が終わる頃に、わたし樹くんに聞いたことがあるの」

――わたしと付き合ったりしてみない？

茜は目を見張った。まさかここで父の恋愛話を聞くはめになろうとは思ってもみなかったからだ。どぎまぎしはじめた茜に、彩葉が肩を震わせた。

「正直、自信あった。わたしもその頃、わりと人気ある方だったし」

この人が言うと傲慢《ごうまん》にも嫌味にも聞こえない。そうだろうなと素直に思わせるだけの魅力が、彩葉にはあった。だけど、と彩葉は鼻で笑う。

樹は少し困ったような顔で言ったのだ。

——ぼくの欲しいものを、君がくれるんやったらええよ。

彩葉が茜の前でおおげさに唇をとがらせた。

「なんだこの男って思った」

「父が失礼を……すみません……」

思わず謝ると、彩葉が笑った。

「もう二十年も前のことだよ。でもそれでわたし思わず言っちゃったんだ。なにそれ、かぐや姫みたいだね、って」

竹取物語の中で、かぐや姫は自分に言い寄ってきた男たちに、無理難題を課す。本当は存在しない伝説上の宝物を、ここへ持ってこいと言ったのだ。

結局彩葉と父はそれ以上どうなることもなく、学祭が終わってからは、顔を見かければ声をかけるだけの関係になった。

「でもやっぱり、ちょっとは気になっててさ——……」

樹はいつも一人で絵を描いていて、この世のすべての出来事から距離を取っているように見えた。

樹が授業で絵を描いているところを見たとき、彩葉は驚いたのを覚えている。指先から息を呑むような美しい絵が生み出されているのに、樹の瞳は氷のように冷めた色をしていたからだ。

あんなに美しい絵を描く人が、こんなにつまらなさそうに筆を握っているなんて思いもしなかった。

「樹くんは本当は、絵を描くのが嫌いなのかもしれないって思った」

彩葉がそう言うのを聞いて茜は困惑した。茜の知る父とはずいぶん印象が違うからだ。

絵を描いている時、父はいつだって楽しそうだった。

父の描く絵はいつも色にあふれていた。たくさんの絵具を持っていて、茜に一つ一つ教えてくれた。

夏の空の色は浅黄《あさぎ》、冬の雨空は鉛色《なまりいろ》、隣の家に咲いていた椿は紅《くれない》で、春の野に咲く山吹《やまぶき》の花の色。

いつも笑っていて丹念にコーヒーを淹《い》れてくれる、優しい店員さんだと高円寺《こうえんじ》のカフェでは人気者だったのだ。慣れない料理にチャレンジしては、盛大に失敗して、仕方がない人だと母に笑われて……。

あたたかくて優しくて、少し適当で。そうしていつも楽しそうだった。

彩葉の言う父と、茜の知る父はまるで別人だ。

──四年生になると卒業制作に就職活動にと忙しくなり、彩葉も樹のことを気にかけている暇はなくなった。風の噂で樹が卒業後に結婚して東京へ行ったと聞いた。

彩葉は一息つくように紅茶をすすった。彩葉のブレンドしてくれた紅茶は、冷めてもほのかな桜の香りが続く。

「てっきり東京で絵師として活動するんだと思ってた。あれだけの腕と東院の名前があったら、当然だって」

けれどそれきり、東院樹の名前は画壇の話題に上らなくなった。

「どこかで絶対絵を描き続けてるはずだって思って、三木さんに探してもらったんだけど」

彩葉が、ふとうつむいた。

「まさか、死んじゃってたなんてね」

茜はぽつりぽつりと父のことを話した。東院家から抜けて母と駆け落ち同然で東京へ行ったこと。東京ではバリスタとして働いていて、絵は趣味だと思っていたこと。母も父も亡くなって、紆余曲折《うよきよくせつ》を経《へ》て青藍のところで暮らしていること。

彩葉はそこでちらりと青藍を見やった。

「だから、三木さんがあの『春嵐』に話をしてみると言ったのね」

紅茶のカップを置いて、彩葉が青藍に頭を下げた。

「ごめんなさい。お下がりの仕事を押しつけてしまった形になるのね」

「別に……。ぼくは仕事が面白かったら、それでええから」

青藍がふ、と瞼を伏せた。

「涼が持ってきた『竹取物語絵巻』の香りを見た」

彩葉が口元に笑みを浮かべる。

「香りを見る、という人は珍しいわね」

「ほんまは、聞くて言うんやな」

聞香《もんこう》という呼び方があるように、特に香道の世界では、香りを聞くという。

「でもぼくには見えた」

瑞々《みずみず》しい青竹、その間を吹き渡る清涼な風、ざわりと揺れる葉ずれの音……闇の染み入るような夜に、ぽかりと浮かぶ美しい満月。

青藍の指先がこつりと机を叩いた。その瞳の奥にちらりと炎が踊っているように、茜には見える。

この人は彩葉の作ったあの香りに——きっと美しい景色を見たのだ。

「あの香の絵に、ぼくも色を乗せてみたいと思う」

だが、と青藍が茜を見やった。

「この香りを描く権利は、ぼくにはあらへん──茜」

茜は思わずはじかれたように青藍の方を向いた。

「ええか？」

問われて茜はごくりと息を呑んだ。

青藍の瞳がちかちかと光を帯びている。たぶん描きたくてたまらないのだと思う。その仕事がどんな経緯《いきさつ》で青藍のところにたどり着いたのかは、もう関係がないのだ。

だったら茜が、否《いな》と言えるはずがない。

「お願いします」

何より父が描くはずだった世界に青藍が色を乗せるのを、茜自身がたまらなく見てみたかったのだ。

彩葉は帰ると言った茜と青藍を、水色の玄関ポーチまで見送ってくれた。空を見上げると、青空に紗《しゃ》のように薄い雲が伸びている。

彩葉がぽつりと言った。

「本当に別人みたいね、あなたのお父さんと、わたしの知ってる樹くん」

茜は顔を上げた。彩葉が困ったようにまなじりを下げている。

「大学三回生の時にね、あなたのお父さんと——たぶんお母さんの噂を聞いたわ」

三年生の秋頃。樹が誰かと付き合い始めたと聞いた。学校のそばを一緒に歩いているのを彩葉も見たことがある。

「はっきり言って、あんまり美人って感じじゃなかったな」

だから悔しかった、と彩葉が潑剌《はつらつ》と笑う。

いつも古着のシャツやカーディガンで、化粧も得意そうには見えなかった。よく言えば素朴な——その当時ではダサイ女がつきまとっていると噂になったこともあるそうだ。

「名前は、たしか比奈子《ひなこ》さんだったかな」

「……母です」

茜はぎこちなくうなずいた。

「だったら、樹くんが変わったのは、比奈子さんのおかげなのかもしれないわ——きっと比奈子さんが、樹くんの欲しいものを持っていたのね」

猫のような瞳がきゅうと細くなる。当時を懐《なつ》かしんでいるようで、どこか少し悔しそうにも見えた。

父と母が出会ったのも、この場所なのだ、と茜は無意識に空を見上げていた。どこからか賑やかな学生の声が聞こえる。

この一乗寺の空を、父と母もいつか見上げていたのかもしれない。

そう思うとどこか切なくて、胸の奥がぎゅっと痛んだ。


――夕暮れ時のキッチンで、茜はいつものダンボール箱から食材を取り出した。

菜の花に山菜、ふきのとう、鱚《きす》に海老《えび》、しその葉と春の香りに満ちている。

菜の花は二つに分けて、片方はさっと湯がいて鮮やかな色を出した後、鰹節《かつおぶし》や醬油と和《あ》えておひたしに。もう半分はふきのとうや鱚、海老と一緒に天ぷら用だ。

陽時がキッチンにひょい、と顔を出した。

「茜ちゃん、絹さやの筋取り終わったよ」

陽時がシンクの横に置いたざるには、いっぱいに鮮やかな緑の絹さやが盛られている。

「ありがとうございます。これも天ぷらにしちゃいますね」

「春だねえ」

陽時がうれしそうに笑った。

ソファではクロとマダラが二匹丸まって、すよすよと眠っていた。やっと猫から解放されたらしい青藍が、椅子に座ってしかめっつらをしながら、鱚にしその葉を巻いている。

天ぷらの下ごしらえである。

青藍に何か手伝うことはないかと問われて、茜は首を横に振った。そうしたらどことなく悲しそうな顔で「そうか」と言うものだから、あわてて仕事を割り振ったのだ。

「しその大きさが違うんが気になる」

そうつぶやきながら妙なところで几帳面《きちょうめん》さを発揮して、先ほどから全然進んでいないのがおかしい。茜はくすくすと笑いながら、ふと目を細めた。

夕暮れ時のひとときを、こうやって穏やかに過ごすことができるのが、茜には何よりうれしい。

天ぷらの準備をしながら彩葉のことを話すと、陽時は興味深そうに首をかしげた。

「樹さんて、絵師として公《おおやけ》に活動してなかったんだっけ」

「少なくとも、東京ではそうでした」

――父は仕事が休みの日には、よく絵筆とスケッチブックを引っ張り出してきて、あちこちの景色を描いていた。だから絵が好きな人なのだろうと、そのくらいにしか思っていなかったのだ。

その父が有名な絵師の一族――東院家の血縁者だと聞いたのは、去年の春に父が死んでからのことだった。

「高円寺ではお父さんが働いてたカフェで、絵を飾ってもらって、たまに常連さんが買ってくれるくらいでした。値段だって千円とか、三千円とかそんな感じで」

変わり者のバリスタが描く絵だと、存外評判がよかったものだ。陽時が肩をすくめた。

「まさか東院分家の、元跡取りの絵だとは思わないだろうなあ。東院の名前でサインでも入れたら、ゼロの数が二つか三つは余裕で増えるね」

青藍が最後の鰆にしそを巻き付けて、満足そうにうなずいた。

「笹庵の樹さんが、展覧会なんかに絵を出さはってたんはたぶん、学生の時までやと思う。ぼくも月白さんに何枚か見せてもろたことがある」

展覧会で目についたものを、月白が何枚か買い求めていたそうだ。キッチンにのそりと入ってきた青藍は、ざっと手を洗って言った。

「高校生の頃まで樹さんは、ここ最近の東院の絵師の中では、頭一つ抜けてたて聞いた」

東院家は本家、分家ともにたくさんの弟子を取っていたが、その中でも樹は幼い頃からその才覚を発揮した。その腕は本家からも絶賛されるほどだったという。

それがわからない、と茜は首をかしげた。

「でもお父さんの絵は、そんな東院家っぽい絵じゃないですよ」

東院家は、東院流とも呼ばれる精緻な絵柄を良しとする。派手な色は好まず、墨に淡く色をぼかすのも特徴的だ。繊細な描き込みは写実的で一種の耽美《たんび》さすら感じさせた。

けれど父の描く絵にそんなものは一枚もなかった。

青藍はテーブルの上に仕事場から持ってきた資料を広げながら、口元に薄い笑みを浮かべた。

「月白さんは言うたはった――ある時から樹さんの絵が変わったて」

月白の手元にあったのは、樹が大学生の終わり頃に描いた絵だ。大胆な筆遣いと色使いで描かれていた。高校時代や大学に入りたての、東院流だった頃の絵よりよほど気に入っていたようだ。

「東院流の絵から、だんだんと色味がつくようになって――ある時それがいっそう鮮やかさを増した。……それで、恋をしはったんや、て」

今までおずおずとためらうようにつけられていた色味が、ある時鮮やかに跳ね上がった。ころころと表情を変えるような彩り豊かな絵を、月白はことさら気に入っていたようだった。

樹が大学三年生の頃――父と母が出会った頃の絵だった。

「公に作品を出さはったんは、卒業制作が最後やろ。それ以来、樹さんの絵はどこの展覧会やコンクールにも出てへん」

茜は下処理の終わった天ぷらの材料を、大きな皿に並べてキッチンへ置いた。あとは遊びに出ているすみれが戻ってきた頃に、揚げるだけだ。菜の花のおひたしとお吸い物、季節の天ぷらに山菜ご飯が今日のメニューだった。

青藍の話を聞きながら、茜は思っていたことを口に出した。

「父は絵師でいたくなかったのかもしれないですね」

青藍も月白も認めるほどの腕を持った父が、自分の才能を見誤っていたとは、茜には思えないのだ。

十分な才がありながらそれでも画壇に現れなかったとしたら、それは父が望んでいなかったからだ。

青藍が手元に広げた書籍をそっとなぞった。竹取物語の資料だ。

「——樹さんはかぐや姫や、て南田さんが言うてたな」

茜はうなずいた。

竹取物語はかぐや姫の元となった話だ。作者は不詳、一〇世紀にはすでに成立していたというから、数ある御伽噺の中でも最古のものである。

翁《おきな》が山で竹を切ると、小さな姫が現れた。彼はそれにかぐや姫という名をつけた。都でも評判の美女になったかぐや姫を、ぜひ娶《めと》りたいとたくさんの求婚者が集まった。

かぐや姫はその中でも情熱的だった五人の貴族の子息たちに、無理難題を押しつけた。

普通ならとうてい手に入れられない、伝説の宝物が欲しいと言ったのだ。

――わたしの欲しいものを持ってきてくださった方と結婚する、と。

「――仏の御石《みいし》の鉢、火鼠《ひねずみ》の皮衣《かわごろも》、蓬莱《ほうらい》の玉《たま》の枝《え》、龍《たつ》の頸《くび》の珠《たま》、燕《つばくらめ》の持っている子安貝《こやすがい》、だっけ」

陽時が青藍の手元の資料をぺらぺらとめくった。

そこには江戸時代に描かれた、竹取物語を題材にした絵巻が掲載されている。畳の部屋に五人の貴公子たちが集《つど》って管楽に耽《ふけ》っている絵だ。彼らが情熱的な求婚者たちだった。

しかし結局誰も本物を持ってくることができず、かぐや姫は迎えに来た使者と共に月に帰っていってしまう。

父は告白した彩葉に、自分の欲しいものをくれるなら、と言った。だから彩葉は樹のことをかぐや姫だと喩《たと》えたのだ。

青藍はぎゅう、と眉を寄せた。

「――……樹さんは、何が欲しかったんやろう」

それきり青藍は、じっと資料に目を落とした。

青藍はもしかすると、父の見た世界を描こうとしてくれているのかもしれない。

茜は、ポケットに入っているスマートフォンに意識を向けた。

彩葉は言った。父の欲しかったものはきっと、比奈子——茜の母が持っていたのだと。

だが彩葉も母のことを詳しくは知らないという。天涯孤独だった母には、茜の知るかぎり身寄りもいなかった。

茜はぎゅっと唇を結んだ。

一つだけ、心当たりがあった。笹庵の叔父だ。

いかめしさと堅実さをうつしとったような顔をして、茜とすみれの前でにこりとも笑ったことがない。

叔父は東院の体面を守るために茜とすみれを引き取った人だ。あれほど東院の血と家にこだわる叔父が、父と母のことを何も調べていないとは思えなかった。

茜はリビングで頭を突き付け合っている青藍と陽時を、こっそりと見やった。

本当なら、青藍に相談するべきだ。

けれど青藍も陽時も、東院とは切っても切り離せない関係だが、あまり深く関《かか》わりたくないと思っていることも知っている。

二人を煩《わずら》わせたくない、と思って、けれど茜は首を横に振った。

いや、これは言いわけだ。

本当は、いつまでも亡くなった父と母のことを引きずっていると思われたくないだけだ。

誘惑だった。
それでも――茜の知らない父と母の面影《おもかげ》を追うことは、今の茜にとってあらがいがたい誘惑だった。

今更、父や母を思って泣きそうになるなんて。

自分一人だけ立ち止まっているなんて、情けなくてたまらない。


――電話を終えてリビングに戻った茜は、陽時と青藍が立ったまま眉根を寄せ合っているのに気がついた。陽時がはっとこちらを向く。

「茜ちゃん、すみれちゃん遅くない？」

茜はあわてて時計を見上げた。午後七時を過ぎている。窓の外はすっかり陽が沈みきって夜の帳《とばり》が下りていた。

茜はざっと血の気が引くのを感じた。

「すみれ、今日どこ行くって言ってました？」

「児童館だって言ってたけど」

青藍が舌打ちでもしそうな勢いで言った。

「児童館は五時までやろ」

ざわりと胸の奥が騒いだ。帰るのが遅くなるのは、たいてい誰か友だちの家で遊んでいる時だが、そういう場合は必ず、その友だちの父や母が連絡をしてくれた。

陽時がスマートフォンをポケットに突っ込んで駆け出した。

「青藍、おれ学校の方に行く。お前児童館に回ってくれ」

うなずいた青藍がいつもの草履《ぞうり》ではなく、スニーカーを引っ張り出して足を突っ込んだ。

「茜、お前はここにいとき」

茜がうなずくのも待たず、青藍と陽時は石畳を駆けていった。

その背を見送った後、リビングに戻る気にもなれなくて、茜は開けっぱなしの玄関にそのまま座り込んだ。

扉の向こうに見える庭は闇に沈んでいる。玄関を照らす明かりだけがぼんやりと橙色の光を灯《とも》していた。いつもはそれが、自分たちを出迎えてくれているようであたたかく感じるのに。

今は不安だけがぐるぐると渦巻いている。

「……すみれ」

心配でたまらなかった。こういう時、何に祈ったらいいのかわからない。

ふいに父と母の顔が思い浮かんだ。

「お父さん、お母さん……」

心臓が押しつぶされそうな思いで、三十分も待っただろうか。茜のスマートフォンに陽時から連絡が入った。

「——すみれちゃん見つけたから、青藍とすぐに戻るよ」

その瞬間、体中からどっと力が抜けた。

それからすぐに、陽時と青藍は月白邸に戻ってきた。青藍の手に引かれたすみれが、とぼとぼと石畳を戻ってくる。頰には泥がついていて、あちこちに小さなひっかき傷があった。肩を震わせてしゃくりあげている。

茜はすみれに駆け寄った。小さな体をぎゅっと抱きしめて、それがほこほことあたたかいことにまた安心する。

すみれが小さくつぶやいた。

「……すみれ、迷子になった」

陽時がすみれの頭をくしゃりと撫でた。

「南禅寺《なんぜんじ》の方まで歩いちゃってたみたいで、帰り道がわからなかったんだよね。途中でおれが見つけたんだ」

どうしてそんなところまで一人で行っていたのだろう。大人の足なら二十分ほどだが、間に大きな道路や子供なら迷ってしまいそうな住宅地を挟むから、帰ってこられないのも無理はない。

茜は呆《あき》れたように言った。

「どうしてそんなとこまで行ったの？　児童館に行ってたんだよね」

すみれは青藍の足にぎゅうっとしがみついて、唇を結んだまま首を横に振った。話したくないと言っているようだった。

先にすみれの手当てをして、あたたかな食卓についても空気はなんとなくずんと重いままだった。揚げたての天ぷらのさくりとした食感も、ぶわりとこぼれる春の香りも、茜の心を晴らしてはくれない。

すみれは終始無言、食事にろくに箸《はし》もつけないままリビングのソファに走っていってしまった。そこで丸まっている二匹の猫を、じっと見つめている。

ラグに座り込んだままの妹が、何を考えているのかわからない。頑なに何も話そうとしないすみれは、月白邸に来る前に戻ってしまったみたいだった。

こんな時——お母さんがいたら。お父さんがいたら。

喉の奥がぐっと詰まる。それをこらえて、茜は己に言い聞かせた。

頼ることのできる父も母ももういないのだ。

前を向かなくてはいけない。すみれのことは、姉である茜がなんとかしなくてはいけないのだ。

3

次の日、枕元に積み上げられた本を蹴り倒す音で、青藍《せいらん》はたたき起こされた。

「せいらん、せいらん！」

すみれの泣き声だ。布団の上にどすんと乗られて、青藍はうめき声を上げた。下りそうになる瞼《まぶた》をなんとかこじ開ける。明け方まで資料をあさっていたせいで、ぼんやりする頭を振り起こした。

「どうした……」

青藍の枕元では、飛び起きたクロとマダラがさっと棚の陰に隠れるところだった。リビングで寝ていたはずの二匹だが、よくこうして青藍の布団に潜《もぐ》り込んでいることがある。

顔を上げると、その先ですみれが涙を浮かべていた。

「茜《あかね》ちゃんが、いないの」

「茜？　……買い物と違うんか」

青藍は時計を見上げた。時刻はすでにいつもの朝食の時間を過ぎていて、ほとんど昼といってもいい時間だった。

普段は容赦なくたたき起こしに来るくせに、青藍の仕事のスタイルが夜型であることを、茜はよく知っている。重要な仕事が入った時は、しぶしぶとはいえ昼すぎまで寝かせてくれることも多かった。

すみれがぐすりとしゃくりあげる。

「ちが、違うの……黒い車が来たの」

どうも雲行きが怪《あや》しくなってきて、青藍はのそりと布団から身を起こした。すみれが膝《ひざ》に飛び込んできて、小さな手が青藍の着物を握りしめる。

「茜ちゃん、怒ってるかな。すみれのこと嫌いになったから——だから、あっちのおうちに行っちゃうのかな」

その瞬間、青藍はぱっと目を見開いた。眠気が一瞬で引いていく。

「すみれ、その車見たんか？」

「……見た。おじさんちに来てた車だった……」

すみれが、青藍の腹に小さな頭をぐりぐりと押しつけた。青藍は腹に埋まるすみれの頭を撫でながら考え込んだ。

すみれの叔父《おじ》の家——笹庵《ささあん》に来ていた黒い車なら、おそらく東院《とういん》本家の車だ。どういう理由かわからないが、月白邸《つきしろてい》に本家の車が来てそれに茜が乗り込んだ。

あの家は、茜とすみれにとって決して居心地がいいとは言えないはずだ。そんな場所にどうして――。

青藍は苛立《いらだ》ち交じりに舌打ちした。

茜とすみれは、父と母の口さがない噂《うわさ》ばかりを聞かされて、あの静寂《せいじゃく》の檻《おり》の中で半年間を過ごした。未成年の子どもを放り出さなかったことだけは評価してもいいが、青藍もあの家のことは好きになれない。

重苦しい一族のしきたりと伝統でがんじがらめに縛り上げて、そこから外れたものに冷たい視線を向ける、あの家だけは。

やっと――この子たちはあたたかな場所でゆっくりと歩み始めている。

それなのに奪われてたまるものかと、一瞬で腹の底が煮えた。

「すみれ、留守番できるか？　昨日みたいに勝手にどこかに行かへんて、約束できるな」

すみれがこくりとうなずいたのを確認して、青藍は立ち上がった。


――どうしてこうなったのだろう。

茜はがちがちに緊張しながら、膝の上で震える拳を握りしめていた。滑るように走る黒い車の中で、隣に座る人がおかしそうに笑う。

「そんな緊張せえへんでもええのに」

「……すみません」

そう言われても、はいそうですかと気軽に会話ができるほど、茜の肝《きも》は据《す》わっていない。特にこの人の前では。

茜は隣に座る彼をちらりと見やった。

笑みを浮かべたその人は、東院珠貴《たまき》という。東院本家の現当主だった。

歳は父や叔父と同じくらいで、濃い蘇芳《すおう》の着物に薄い灰色の羽織、顔に浮かべた笑みは柔らかく、その端整な顔立ちはどこか青藍を思わせる。それでいて瞳の奥は氷のように冷え切っていて、茜はこの笑顔が苦手だった。

昨夜、茜が連絡を取ったのは、この人ではなく叔父のはずだった。

母のことが知りたいとそう言った茜に、叔父はずいぶんと逡巡《しゅんじゅん》した後、また連絡すると言った。てっきり突っぱねられると思っていたから、それだけでも茜には驚きだった。

そうして今日、月白邸の門の前に東院家の黒塗りの車が止まった。仕事に出る陽時《はるとき》を見送って、昨夜遅くまで仕事をしていたらしい青藍を、起こすかどうか迷っていた頃だ。

その車には叔父ではなくこの珠貴が乗っていて、出迎えた茜に向かってその冷えたまなざしでにこりと笑ったのだ。

「良かったら、ちょっとお茶に付き合《お》うてくれへんやろうか」

ためらう茜の背を押すようにもったいぶって付け加える。

「――比奈子《ひなこ》さんのこと、知りたいんやろう」

そうしてしばらく迷った後、茜は覚悟を決めて珠貴の車に乗り込んだ。

二人を乗せた車は、やがて下鴨《しもがも》神社の近くで止まった。

下鴨神社の境内《けいだい》には糺《ただす》の森《もり》という広大な森が広がっている。静寂を飲み込んだような静かな森で、この京の地が都になるずっと前から植生が変わらず、太古から時間の進まない、まさしく神の森であった。

その森のそばに、東院本家の邸《やしき》がある。

白壁に囲まれた広大な邸で、寺のように建物の周りをぐるりと廊下が取り囲む造りになっている。庭には白砂が敷かれ、計算され尽くした絶妙な位置に岩や松の木が配置されていた。

何度か訪れたことのあるこの邸が、茜は苦手だった。

ひどく静かなのだ。

車の音も人の声も何もかも白砂に飲み込まれて、ただしんと静まりかえっている。清《せい》澄《ちょう》で美しく——そしてどこか重苦しく感じた。

茜が案内されたのは、その本邸のさらに奥にある小さな茶室だった。庭の端にある、苔《こけ》むした岩のそばにひっそりと建てられている。

茶室の前庭——露地《ろじ》は短く飛び石が連なっていた。小さな庭には形のいい庭石が一つと、そのそばには細い松が艶《つや》のある木肌を晒していた。

こぢんまりとした家のような茶室には、縦横に細い格子《こうし》がはまった窓、その側に茜が腰をかがめなければ入れないほどの、小さなにじり口が切り取られていた。

慣れないにじり口から転がり込むように中に入ると、一瞬にして外界の空気と切り離された気がして、茜は息を呑んだ。

たった四畳半ばかりの部屋の中は、これ以上ないほど精緻《せいち》に整えられていた。

格子のはまった窓から差し込む光が畳にゆらりと影を描く。畳の敷かれた広い床《とこ》の間《ま》には、真白の花瓶に椿が一つ赤い花を咲かせていた。掛け軸には小さな鳥が一羽空を舞っている。

部屋の梁《はり》や畳、調度品に至るまで簡素で素朴に見えるけれど、よく磨き込まれた質のいいものを使っていると、詳しくない茜でもわかった。

この部屋は一分《いちぶ》の隙《すき》もない、完璧な美しさだった。

炉のそばに座った珠貴が、水の入った鉄瓶を火にかけた。

「ここは、ぼくが建てた茶室なんえ」

その口ぶりにほんのわずか、得意そうな声音が混じっているのに茜は気がついた。

そうか、ここは珠貴の砦《とりで》なのだ。そう気がつくとこの完璧さが腑《ふ》に落ちた。

――これは珠貴の意地だ。

珠貴は青藍の、十四歳離れた異母兄だ。

東院家の跡取りとして珠貴が生まれた十四年後。彼の父であり、東院家前代当主である宗介《そうすけ》と、邸で使用人として働いていた若い女の間に青藍が生まれた。母親は知らぬ間に出ていって、青藍はその母の顔も知らないそうだ。

ことさら青藍を厭《きら》った珠貴の母を筆頭に珠貴も東院の親戚もみな、どことも知れぬ女の子だと青藍に、日々辛《つら》くあたっていたのだ。

だが皮肉にも絵の才を発揮したのは、珠貴ではなく青藍だった。

本家の人間に厭われながらなお、当主が認めるほどの絵の腕前を持った異母弟を前に、珠貴は何を思ったのだろうか。

珠貴は茶と花に明るいという。それらの分野において珠貴もまた非凡な才を発揮した。

この一分の隙もなく整えられた茶室は、珠貴の意地と誇りだと茜は思う。ここに人を招き花を整えて茶をふるまい、さすが東院の本家のご当主だと言わしめるために。

そして才は異母弟にかなわないと——誰にもそう言わせないために。

——ふつふつと静かに湯が沸く音がする。

慣れた手つきで茶を点《た》てた珠貴は、茜にそれを差し出した。

茜は青い顔でごくりと喉《のど》を鳴らした。茶の作法なんて知らないからだ。どこかで聞きかじった知識を必死で思い出す。

「い、いただきます」

ふ、と珠貴が笑った気配がした。何が違うのかも茜にはわからないが、もうやってしまうしかない。

くすんだ茶色の素朴な碗がきっと高いものだと思うと、受け取った手が震えた。確か二回ぐらい回すのだったか。茜はぎこちなく茶碗に口をつけた。喉の奥に転がり落ちていった苦さに、むせかえりそうになる。

「……結構なお点前《てまえ》で」

どうにか思い出したそれだけを言って、茜は茶碗を畳へ置いた。

「茜さんは、お茶は習《なろ》てへんのやね」

茶碗を引き取った珠貴が、袖《そで》で口元を押さえながら言った。笑いをこらえているように見える。

「機会がなかったので。無調法ですみません」

「気にせんかてかまへん。今どきの子はお茶なんてそうそう習わへんのやろ、普通は」

穏やかな笑みの裏に、うちは違うけれども、と言外に感じさせるのが珠貴だ。この人の笑顔の裏には常に氷のように怜悧《れいり》な心と、芯の通った旧家の誇りがある。

沈黙が落ちた。耳が痛いほどの静寂に呑まれそうになって、茜は手のひらを握りしめた。この静寂は珠貴の無言の圧力だ。気を抜くと気持ちで負けてしまいそうになる。

茜はまっすぐに珠貴を見据えた。

「お茶、いただきました。母のことを教えてください」

東院家にとって、母は鬼門のようなもののはずだ。さぞ面倒な条件でも突きつけられるのだろうと覚悟したが、珠貴はあっさりとうなずいた。

「もちろん、約束やさかいな」

珠貴は懐《ふところ》から紙を取り出して、茜の前に置いた。お手本のような筆跡で、一乗寺《いちじようじ》の住所と『青野秀隆《あおのひでたか》』なる名前が記されていた。

「昔、比奈子さんが暮らしてはったところや。ご夫婦で喫茶店をやったはるみたいで、もうずいぶんなお歳やないやろうか」

口調こそ気遣《きづか》わしげだったが、瞳の奥はずいぶん凪《な》いでいる。たぶん興味がないのだろうと茜は思った。

「……詳しいんですね」

「ぼくも昔、ご挨拶《あいさつ》に伺《うかご》うたことがあるさかいな」

茜が目を見張ったのがわかったのだろう。珠貴が袖を口元にあてて微笑んだ。

「そらそうと違うか。笹庵の跡取りが結婚するて言う。さぞええとこのお嬢さんかて思てたら、どこぞの喫茶店の、それも住み込みの娘さんやて」

それで母のことを調べたのだ。東院にふさわしい人間かどうか確かめるために。

その頃ちょうど東院本家も代替わりを迎えていた。宗介が体を悪くして、大学院に通っていた珠貴が、その仕事を徐々に引き継いでいった頃だ。

「笹庵の当時のご当主……樹《いつき》くんのお父さんやね。それとぼくと、二人でその喫茶店に行ってね。どうにか樹くんと別れてほしいてお願いしに行ったんえ」

珠貴はふ、と嘆息《たんそく》した。わずかに額《ひたい》に皺《しわ》が寄っている。ぽつりと吐息《といき》と共につぶやいた。

「――……ほんまに、恥ずかしい」

かっと茜の頭に血が上った。

「だったら、放っておけば良かったじゃないですか」

恋愛なんて、外野が口を出すことではないはずだ。

「普通の家やったらええのやろ。好きな人と結婚して好きに生きたらええ。でも……」

珠貴の瞳が、すごみを帯びる。

「──うちは、許されへん」

茜はごくりと息を呑んだ。どれだけ身構えていても気圧《けお》されてしまう。

珠貴は生まれた時から、千年以上続く絵師の一族、東院家の歴史をその肩に背負っている。その重みを支え続けている矜持《きょうじ》の力だ。

父と母はこの家から逃げるように東京へ行った。東院の姓を捨て勝手に結婚し、子を生《な》した樹を東院家は切り捨てることにした。幸い笹庵には弟である佑生《ゆうき》がいたと、珠貴がこともなげに笑ってみせる。

「ぼくは、もったいないと思てたんえ。樹くんの腕は東院の中でも頭抜《ずぬ》けててな。それに今までわがまま一つ言うたことのない──ええ子やった」

彩葉《いろは》が教えてくれた時に感じたのと同じ、茜の知らない父がそこにいる。東院家に忠実で、東院の言う通りに絵を描いていた父だ。

「芸大にまで通わせて、これから東院の一翼を担《にの》うてもらおうていう時やったのに」

珠貴の目に昏《くら》い色が落ちる。

「──東院の絵師として」

その時、茜はふいに納得した。

彩葉が言っていたことを思い出したのだ。大学時代の父は、何をしていても心ここにあらずといった風だった。あれほど美しい絵を描くのに、筆を握っていても少しも楽しそうではなかったと。

教えられた通りに絵を描き、通いたくもない学校へ通い、どこにいても東院の名前がついてまわる。それが馴染《なじ》める人間ならいい。

でも父には無理だった。

自分の書いた絵の値段に、ゼロが二つ三つ足されるよりも。広大な邸と千年の一族の系譜を継ぐ誇り高い役目を務めるよりも。そして、東院の絵師を名乗るよりも。

父にはずっとずっと大切で、欲しくてたまらないものが、きっとあったのだ。

茜はもらったメモを握りしめた。

ここに行けばその答えがあるはずだと思った。

用は済んだとばかりに茜は立ち上がりかけて、ふと問うた。

「珠貴さんはどうして、わたしを呼んだんですか」

この人が親切で母の話をしたとはとうてい思えない。珠貴がちらりと外に視線を向けた。

「ぼくも、青藍に会いたい」

珠貴の口ぶりはどこか拗ねているようだった。

「だって正月に笹庵で顔合わした途端、逃げるように帰っていくんえ。ひどいと思うやろ、ぼくらせっかくの兄弟やのに」

そういえば青藍が正月に、笹庵で珠貴に遭遇したと、ひどい機嫌で帰ってきたのを思い出す。

茜はどこか不思議な気持ちだった。この人も兄らしく、弟に会いたいなどと思うのだろうか。その人間らしい感情は、いっそこの人には似つかわしくないような気がした。

茜は思わず座り直して、おずおずと珠貴と向き合った。

「わたしを連れてきても、青藍さんは追いかけてきたりしないですよ」

釣り餌《えさ》じゃあるまいし、と思う。茜が怪訝そうな顔をしたのがわかったのだろうか。珠貴がふいに笑った。

「どうやろうなあ。青藍はあれで——君らにご執心《しゅうしん》のようやし」

その瞬間、茶室のくぐり戸が、作法も静寂も放り投げたようなけたたましい音を立てて開いた。

「わっ!」

茜は肩を跳ね上げて振り返った。真四角に切り取られた小さなにじり口の向こうに、青藍の顔がのぞいている。

「青藍さん！」

茜が目を見開いている先で、青藍が長い体躯を折りたたむようにのそりと茶室に入ってきた。上背《うわぜい》があるせいで、四畳半ほどの茶室がますます狭くなったように感じる。

珠貴が呆《あき》れたように嘆息した。

「青藍、そんな音立てるもんやあらへんえ。お作法はどうしたんや」

「忘れました」

さっぱりと言い切って、青藍が険《けわ》しい顔で珠貴を睨《にら》み付けた。

「どういうつもりで茜を連れ出したんですか」

「人をそんな誘拐犯みたいに言うもんやあらへんえ。ぼくは茜ちゃんをお茶に誘ただけや」

青藍の厳しい瞳も珠貴にはどこ吹く風だ。苛立ったように眉を寄せて、青藍が茜の腕をつかんで立ち上がらせた。そのままくぐり戸が開きっぱなしのにじり口に押しやられる。

「はよ出ろ。帰る」

「は、はい」

転がり出るようににじり口を抜けると、さらりと風が前髪を撫でた。解放感を覚えて、茜は無意識にほっと息をついていた。

振り返ると青藍が、そして珠貴が続く。

茶室の前で青藍に向き合った珠貴は、柔らかに唇の端をつり上げて言った。

「ずいぶん茜さんのこと、大事にしてるんやな」

「……家族ですから」

珠貴がふ、と吐息をこぼすように笑った。

「青藍、お前のそれは、ほんまに家族か?」

青藍の瞳がぎくりと揺れたのが茜にはわかった。

──青藍は息を詰めて珠貴を見やった。自分に似た、そしてどこか父に似た顔でその口元を薄くつり上げて笑っている。

「月白《つきしろ》さんがおらへんようになったさびしさを、お前はこの子らで埋めてるだけのように、ぼくには見えるんやけどな」

それは青藍の一番痛いところを刺し貫《つらぬ》いた。

この東院の本家で生まれた時から厭われ続けた青藍は、絵を描くことだけを支えにして生きてきた。本家の当主の代替わりの時、その絵すら奪われそうになった青藍を、この邸から連れ出してくれたのは月白だ。

月白は青藍にすべてを与えてくれた。

絵に色をつけることも、目に映る景色がとても鮮やかであることも——とろけるように沈んでいく夕日を、墨書きではなく、本当は橙色《だいだい》で描いたっていいことも。

あの人に差し出された手のあたたかさを、青藍は生涯忘れないだろう。

墨一色の世界に差し出された、鮮やかな宝石箱のような顔彩を手に、青藍はこの静寂の邸から逃げ出したのだ。

月白は青藍の全てだった。そしてそれを、青藍は六年前に失ったのだ。

ぐちゃぐちゃになった心で、六年間を過ごした。月白の課題と向き合い続け、疲れ切っていたころ——青藍は茜とすみれに出会ったのだ。

二人を引き取って、青藍の世界は彩りを取り戻した。

保護者とうそぶいてはいるが、二人に与えているものよりも、日々与えられているものの方が、よほど大きい。

二人に甘えて、二人に救われているのは——なにより青藍だ。

珠貴がその氷のような瞳を眇《すが》めた。

「いつまでもよそさんに甘えてるんとちがう。早《はよ》う東院に戻って来《き》い、青藍。お前には、うちの絵を描いてもらわんとあかん」

東院には今、腕のある絵師がいない。かつて画壇を席巻していた東院家は、徐々に翳《かげ》りを見せ始めている。

珠貴がその氷のような瞳で見つめているものは、青藍ではなく、誇りある東院家だけだ。

珠貴は蘇芳の着物の袖を広げた。青藍はその袖の中で、珠貴の手のひらが握りしめられたのを見た。

「今の東院の誰よりお前は絵の才がある。誰も手の届かへん才能が……」

珠貴の瞳から、青藍は目を逸《そ》らした。

心の中が冷えていく。

この場所はだめだ。幼い頃と同じで、この邸にいるとすべてが白と黒に塗りつぶされていく気がする――。

青藍が拳を握りしめた時だった。

「――嫌です」

鮮やかな茜色が、モノクロの世界を切り裂いた。

視線を落とすと、茜が青藍の着物の袖をぎゅっとつかんでいる。

「青藍さんはこの家の人じゃないです。東院の絵師でもないし、あなたの言う通りに絵を描くだけの人じゃないです」

　茜の声が震えていることに青藍は気がついていた。それでも茜は珠貴相手に一歩も引かなかった。

　この子の瞳に時折、美しい茜色が宿るのを青藍は知っている。とろける夕日のようなあたたかでほっとする色だ。

「……甘えたって、いいじゃないですか」

　それはきっと、この子の心と同じ色なのだと青藍は思う。

「わたしたちは、辛《つら》い時は助け合って、お互いに甘えたり支えたりするんです。……それが、家族です」

　すみませんとぺこりと頭を下げるところが茜らしい。再び顔を上げた瞳にはしっかりと意志の強い茜色が宿っていて、珠貴をまっすぐに射貫《いぬ》いている。

　青藍はふと唇に笑みを浮かべた。結局自分は、またこの子たちに救われるのだ。

　珠貴の瞳が細められる。

「君に、何がわかる」

　いつもの柔らかさを脱ぎ捨てた冷え切った声だった。珠貴の細い肩にも、千年以上続く東院の歴史がのしかかっている。この異母兄もまた、東院の歴史を守るために必死なのかもしれない。

青藍は茜の腕をつかんで、さっさと珠貴に背を向けた。

「――わからなくてええんですよ、この子らには」

青藍は振り返ってそう言った。

この重苦しさも静寂も、茜とすみれには必要のないものだと、そう思うから。


無言のままの青藍が待たせていた車に押し込まれて、茜はぎゅうっと身を縮めていた。隣ではその青藍が不機嫌そうに口をつぐんでいる。その沈黙に耐えかねた茜は、叔父に連絡をしたら珠貴が来たこと、お茶に付き合っただけだということを、言い訳がましくぼそぼそと申告した。

「佑生さんに、なんの用やったんや」

茜はドキリとした。手の中に握りしめていたメモをそっと開く。青藍の獣の瞳がじろりとこちらを見たのに気がついて、あわてて口を開いた。

「……母のことを、聞きたくて」

青藍の額の皺がぎゅうと深くなる。

「なんで、ぼくか陽時に言わへんかった。お前、笹庵で――……」

青藍がそこでぐっと口をつぐんだ。心配してくれているのだとわかった。叔父が父を嫌っていることや、笹庵で口さがない噂にさらされていたことは、青藍も陽時もずっと気にかけてくれていたのだ。

茜は小さく息をついた。

結局つまらない意地なのだ。今更、父と母を恋しがっているなんて思われたくなかった。すみれも朝日《あさひ》も、陽時も青藍も少しずつ前に進んでいる。それなのに茜だけが過去に囚《とら》われたまま動けないでいるのが苦しくてたまらなかった。

だから自分一人で、前に進まなくてはいけないと、そう思うから。

黙り込んでしまった茜に、青藍がため息交じりにつぶやいた。

「──それで、どこに行けばええんや」

茜の手のうちからするりとメモを抜き取ってしまう。珠貴の筆跡だとわかったのだろう。顔をしかめて、それを運転手に手渡した。

顔を上げたのは茜だ。

「いいんですか……?」

「どうせここまで出てきたんや。陽時がもう帰ってきてるて言うから、すみれも大丈夫やろ。──そこ、行きたいんやろ」

しばらくためらうように、青藍を見つめて。茜はやがて意を決してうなずいた。

4

車が止まったのは、一乗寺駅《いちじょうじ》からしばらく歩いた路地の奥だった。

住宅地の一角で、一見すると民家が並んでいるようにしか見えない。その並びの一つに、目的の喫茶店があった。

三階建ての一軒家の一階部分を改造したのだろう。素朴な白壁の喫茶店だ。ドアには小さなプレートがかかっていて、『喫茶一乗寺』と記されている。ホームセンターで売っているような、木の文字を組み合わせたプレートだった。

茜《あかね》は深く息を吸って、目を見張った。ふわりとコーヒーの香りがする。

──父の淹《い》れるコーヒーの匂《にお》いだ。

その瞬間、思い出があふれた。

上七軒《かみひちけん》の喫茶店で父が豆を引く音。常連の笑い声、何度か遊びに行ったことのある、高《こう》円寺《えんじ》の父の仕事先。壁には小さな父の絵がたくさんかけられていた。

高円寺の手狭なアパートでは、いつもそばに母とすみれがいた。母の料理を手伝いながら、夜遅くに帰ってくる父を毎日待っていた。

匂いは不思議だ。

すっかり忘れていた思い出までがよみがえってくる。

茜は震える手でドアを開けた。

喫茶店の中は、カウンターに二席、店内に二人席のテーブルが三つあるだけだった。床板はすっかり色あせていて、窓際《まどぎわ》にはあふれんばかりに緑があしらわれている。天井からは木のランプシェードがつるされていて、淡い橙色《だいだい》の光を落としていた。

店の中に染《し》みついた芳《かぐわ》しいコーヒーの香り。それに混じる甘いクッキーやお菓子やミルクの匂いがほっと心を落ち着かせてくれる。

外から切り取られたように、ここだけが懐《なつ》かしくて柔らかな時間が流れているような気がした。

カウンター席に座っていた祖母ほどの年齢の女性が、にこやかな笑みを浮かべる。

「いらっしゃい――」

そうして、茜の顔を見て目をこぼれんばかりに見開いた。カウンターから立ち上がって、震える手で茜の両手を握りしめる。

「ああ……茜ちゃんやね。よう来てくれはった……」

笑うとくしゃりと目尻に皺《しわ》が寄った。茜より小さくて、ころりとふくよかなかわいい人だった。

茜もその人を知っていた。父の葬式に来てくれたのをうっすらと覚えている。呆然としていた茜もすみれも、ろくに挨拶《あいさつ》もできないままだった。

――彼女は青野志保《あおのしほ》と名乗った。カウンターの中で黙々とコーヒーの準備をしているのが、喫茶店の主人、青野宏隆《ひろたか》だ。珠貴《たまき》のメモに書かれていた人だった。

「……ほんとに、よう……」

志保の目尻に涙が浮かんでいる。なぜだかたまらなくなって、茜は胸の中から湧き上がるものを抑え込むので精一杯だった。

志保のかさかさとした、それでいてほっこりとあたたかい手が、茜の手からすっと離れていく。名残惜《なごりお》しさに顔を上げると、茜と青藍《せいらん》の前に、年季の入ったカップが置かれた。

「……コーヒー」

宏隆がぼそりとつぶやく。それきりむっすりと黙り込んでしまった。志保がくすくすと笑う。

「ごめんね、お父さん無愛想で」

茜はコーヒーから目が離せなかった。青藍も不思議そうな顔をしている。

「この香り、お前のコーヒーやな」

茜はうなずいた。口を開けば何かがあふれだしてしまいそうで、茜はそれを必死に飲み込んだ。

「……お父さんのコーヒーです」

やっとそれだけを言った。

両手でカップを包み込む。高円寺で、そして上七軒で茜は何度もこのコーヒーの淹れ方を教わった。

もう二度と——誰かに淹れてもらうことはないと思っていた。

「そらそうやわ。だって、樹《いつき》くんのコーヒーは、この人に習《なろ》たんやから」

志保が茜の隣に座った。イタズラっぽく目を細める。

「樹くんが昔、比奈子《ひなこ》ちゃんの誕生日に驚かせたいからて習いに来てね。楽しそうに絵描く以外は、ほんまに不器用な子やったから、大変やったんえ」

茜は思わず、ふふ、と笑った。

ああ、お父さんだ、と茜は目を細めた。

いろいろな人から父の話を聞いた。その度《たび》に違う人のことを聞いているような心地さえしていた。

心ここにあらずといった風に、つまらなさそうに絵を描く父も、物静かで東院《とういん》家に従順だったという父も、茜は知らない。

不器用でいつも母や茜たちに優しくて、料理に四苦八苦していた、茜とすみれの大好きだった父を——ようやくここで見つけた気がした。

ちらりと隣の青藍を見て茜は驚いた。青藍が自然にコーヒーに手をつけていたからだ。他人の家で出されるものに手をつけない青藍がめずらしい。

そう思ってまじまじ見つめていると、それに気づいたのだろう、青藍がきまり悪そうに目をそらした。

「……お前の淹れるもんと、同じ味がするから」

青藍がわずかに微笑むものだから、茜はほころびそうになる口元を一生懸命引き締めた。

志保は微笑みながらぽつぽつと話してくれた。

茜とすみれの母、比奈子はここで住み込みで働いていたそうだ。

「不思議な子やったわ。アルバイトに応募してくれてね。住むとこもあらへんて言うから、うちの二階に住んでもろてたん」

料理が得意で、最初は志保が教えていたのを、あっという間に抜かしてしまった。

樹がここへ通うようになったのは、それからしばらくしてのことだ。

「樹くんはね、最初変な子やて思たわ。いつもぼーっとしてて、どこかずっと遠くを見てるような子でね。窓際でスケッチブックを広げて絵を描いてた」

近くの芸大の学生で、絵を専攻しているだろうことはすぐにわかった。けれどスケッチブックに鉛筆を走らせるその姿はとうてい楽しそうには見えなかったと志保は言った。

静かで他の学生があまり来ないこの店が気に入ったのかもしれない。週に二、三度訪れるようになった樹に、ある日比奈子が言った。

──つまらないならやめればいいのに。

樹が不思議そうに見上げると、もっと不思議そうな顔で比奈子は続けたのだ。

──嫌いなんでしょ、絵を描くの。だって、好きならもっと楽しそうだもん。

母らしい、と茜は肩をすくめた。

母はいつだって楽しそうな人だった。料理をしている時、茜とすみれと遊んでいる時、父といる時。思い出すのは笑顔の母ばかりだ。

それから樹は、比奈子とぽつぽつと話すようになった。

志保が柔らかく目尻を細める。

「樹くんは少しずつ変わっていったんえ。花が鮮やかに咲くようにて言うんかな。そういう感じやった」

喫茶店にいりびたるようになった樹は、手の空いた比奈子と話すようになった。

比奈子がのぞき込む横で、スケッチブックに鉛筆を走らせる樹の顔が、だんだん生き生きと輝いていくのがわかった。

比奈子は鮮やかな色彩が好きだった。色をたくさん使うと比奈子が喜ぶからと、白と黒ばかりの樹の絵はやがて鮮やかさを増していく。

赤や黄色や、比奈子も知らないような名前の色の絵具をたくさん持ち込んでは、仕上げたそれを樹は比奈子に贈った。

何枚も何枚も、もう飾る場所がないよと、比奈子が笑ってそう言うまで。

「絵をもらううちにね、比奈子ちゃんもちょっとずつ変わっていってね」

比奈子は身寄りがなく、いつかどこかにふらふらと行ってしまいそうな子だった。泣くことも怒ることもなく、文句も言わない。置いてもらえるだけで十分なのだと笑ってそう言う。

「――もう家族みたいなもんやのにて、何回言うても遠慮するばっかりでね」

志保の話に耳を傾けていた茜は隣から視線を感じて、ふいと青藍の方を見た。もの言いたげな瞳がじっとこちらを見つめている。

「青藍さん?」

「……なんでもあらへん。茜は母親似なんやろなて、思ただけや」

困惑《こんわく》している茜の頭を、志保が手のひらでそっと撫でた。

樹からたくさん絵をもらって、比奈子はそれを自分の部屋に飾るようになった。場所がなくなって店に置いて、そのうちに少しずつ比奈子もここに馴染《なじ》んでいった。

志保がふふ、と笑って宏隆を見上げた。

「ある日樹くんがね、比奈子ちゃんの誕生日に、コーヒーをプレゼントしたいて言い出してね。お父さんが豆の挽き方から教えたんやけど……。樹くんて、あんなに絵は上手に描かはるのに、えらい不器用やろ」

茜は肩をすくめてうなずいた。

父は生来器用な人ではなかったようだ。料理のできを見る限り、コーヒーを上手に淹れられるのが奇跡と思ったことすらある。

宏隆が横からぼそりと口を挟んだ。

「三カ月」

「え？」

茜は思わず聞き返していた。隣で志保が噴き出す。

「まともに飲めるコーヒーを淹れられるまで三カ月もかかったん。そんなん、比奈子ちゃんの誕生日もとっくに過ぎてしもて」

ふ、と隣で青藍が笑ったのがわかった。

「三カ月……そんなに」

恥ずかしいやら懐かしいやら、そしてうれしいやらで茜の顔が赤く染まる。

志保が微笑んだ。

「樹くん、一生懸命やったよ」

そうして同じ時間を少しずつ共有しながら、樹と比奈子は互いに空っぽだったものを埋め合わせるように、ゆっくりと時間をかけて寄り添っていった。

「大学を出たら結婚するて二人が言うた時、わたしもお父さんもうれしくてね。お金もないて言うから、式は店であげようとか、常連さんを呼ぼうとか言うてたんえ」

志保の顔がふと曇った。

けれどそれはかなわなかった。樹が大学を卒業する直前、この喫茶店に東院家の人間だという二人連れが訪ねてきた。珠貴と、樹の父だ。

樹は東院分家、笹庵《ささあん》の跡取りだ。だから比奈子とは別れてほしいと、そう告げられた。

志保の声が一段低くなる。

「……樹くんは、こういう家の子やったんやて思た」

東院に馴染める人はいい。あの歴史を受け止めて率いていける人ならいい。けれど父もわかっていたのかもしれない。

そこが自分の居場所ではないことを。

東院との話し合いに折り合いがつくことはなく、樹と比奈子は、逃げるように東京へ行って結婚した。

その時樹にできたのは絵を描くことと、宏隆仕込みのコーヒーを淹れることだけだ。

たぶん父の腕なら、絵で生計を立てていくこともできたのだと茜は思う。でも父はそれを選ばなかった。

絵師として生きることでも、東院の家でその誇りある家名を背負うことでもなく、このあたたかな喫茶店で、母のために習ったコーヒーを――父は選んだのだ。

志保の目尻からほろりと涙がこぼれ落ちる。

「……二人とも、こんなおばあちゃんより早《はよ》う死んでしまうなんて思てもみいへんかった」

ぽたり、と茜の手にあたたかいものが落ちた。

「わ……」

それが自分の涙だということに、茜はようやく気がついた。

一度流れ出してしまったものは、ぽたぽたとこぼれ続ける。茜はあわてて手の甲で拭《ぬぐ》った。

この空間はだめだ。ここは父と母の思い出が満ちている。

あたたかなコーヒーの香りにほろほろと心がほどけてしまって……会いたいと思ってしまう。

「すみませ……わたし、ちゃんと前に進むためにここに来たのに」

悲しい過去を見つめて先に進むために来たのだ。こんな風に思い出に浸《ひた》って情けなく涙を流すためじゃない。

茜は必死で嗚咽《おえつ》をこらえて、ぎゅっと手を握りしめた。

これ以上情けない姿を見られたくなかった。

ほろりと、志保の柔らかな声が聞こえた。

「そんなん吹っ切らなあかんの？」

「だって……」

茜は言い訳のようにつぶやいた。

辛《つら》かったあの場所から青藍が掬《すく》い上げてくれた。青藍と陽時《はるとき》とすみれで、あの家で暮らすのが幸せでたまらない。ここで家族になりたいのだと、本当にそう思うのだ。

失ったものを追うのではなく、新しい場所に馴染んで進んでいかなくてはいけない。

みんな、そうしている。

まぶしくてうらやましくなるほどに。

志保のあたたかな手が、茜の髪を梳《す》いた。

「──さびしくて辛くて悲しいことのなにがあかんの？」

顔を上げる。涙で歪《ゆが》んだ視界の向こうに、くしゃりと笑う志保が見えた。

「悲しむのもさびしがるのも、大事なものを失った人の権利と違う？」

ふわ、と宏隆の淹れてくれるコーヒーが香る。そこに父の面影《おもかげ》を見た。

もうだめだった。

父がいない。母もいない。

どれだけ探しても、もう茜の手を握ってはくれない。

どうして置いていかれたのだろう。

お父さんとお母さんが、恋しくて……さびしくてたまらなかった。

──子どものように声を上げて、カウンターに突っ伏してしまった茜を、志保の手が柔らかく撫でているのを、青藍はただ見つめているだけだった。

志保の目にもうっすらと涙が浮かんでいる。この人も娘と息子を失ったのと同じなのだ。

青藍はふ、と息をついた。

この店のコーヒーは不思議だった。茜の淹れる味によく似ている。空になったカップにそのまま宏隆がコーヒーを注いでくれた。この人のぶっきらぼうさが青藍には不思議と心地良く感じられた。

「……ぼくらの前では、茜はいつもちゃんとしようとするんです」

頼ってほしいと思う。泣いてくれてもいいと思う。そうしてできれば、人生を楽しんでほしいと、青藍は心からそう思う。

今までは茜とすみれに、もらってばかりだった。だから何かを返したいと思うのに、それはちっとも上手《うま》くいかないのだ。

宏隆がぽつりと言った。

「未熟やからやろ」

「……身に染みます」

青藍が苦笑する。宏隆が少し迷って首をわずかに横に振った。

「そんなん当たり前や。おれたちも比奈子と家族になれたて思うまで二年かかった」

青藍と陽時が二人と出会って、まだほんの半年だ。もともと他人だったのに、一足飛《いっそく》びに家族になれるわけじゃない。

「血が繋《つな》がってるから家族ていうんやない……一緒に暮らしたり、喧嘩したり笑《わろ》たりして。

ちょっとずつなっていくもんなんやろ」

まだまだやな、と宏隆がそこで初めて口元に笑みを浮かべた。

芸術家たちが集まっていた、あの自由なかつての月白邸《つきしろてい》のことを、ふいに青藍は思い出した。月白《つきしろ》を真ん中にしたあの毎日は、ぐちゃぐちゃでバラバラでいびつだったけれど、鮮やかな色彩をもって、確かに青藍の心に焼き付いている。

あれもまた一つの家族の形だったのだろうか。

青藍は、志保にすがりつくように泣いている茜を見つめた。

自分の袖《そで》を握って、家族なのだと珠貴に啖呵《たんか》を切ったこの子とその妹が、あたたかな場所で幸せでいられるように。

そうして、成長していつかこの時期のことを思い出す時が訪れた際には。

この月白邸の生活が家族の幸せな時間だったと、そう思ってくれるように。

「精進《しょうじん》します」

青藍はふ、と笑ってそうつぶやいた。

5

月白邸《つきしろてい》に帰り着く頃には、春の夕日が西の山にとろけるように沈み始めていた。車から降りる青藍《せいらん》の背を、茜《あかね》はぎこちなく追いかける。

喫茶一乗寺《いちじようじ》で子どものように泣いてしまったのが、気恥ずかしいやら情けないやらで、茜は帰りの車の中で、青藍と目を合わせられなかった。

母屋《おもや》に入り、暖簾《のれん》をくぐりリビングに入ったところで、どん、と何かに抱きつかれて、茜はたたらを踏んだ。

「すみれ！」

見下ろすと、腰にすみれの腕が巻き付いていた。小さな頭がぐりぐりと押しつけられる。ぐすり、と泣き声が聞こえたような気がした。

「……茜ちゃん、どこか行っちゃったかと思った」

そういえばすみれに何も言わずに出てきてしまったかもしれない。茜はあわてて膝《ひざ》をつくと、すみれを正面から抱き寄せた。

「ごめんね。ちょっと用事があっただけなの」

顔を合わせたすみれが、ぐすりと鼻を鳴らす。

「――すみれちゃん、ずっと心配してたんだよ」

顔を上げると、真上で陽時《はるとき》の顔が笑っている。すみれがおずおずと茜に告げた。

「……茜ちゃん怒ってるんだと、思ったの。すみれが門限、やぶったから」

すみれがその小さな手をぎゅうと握りしめた。

陽時がそっとすみれの肩を叩いた。その小さな頭をくしゃりと撫でる。ためらっているすみれの背を、うながすように陽時がとんと叩いた。

「すみれちゃん、ここ最近どこに行ってたのか、おれに教えてくれたんだよね」

しばらく沈黙が落ちて、やがてすみれはぽつりと答えた。

「……すみれ、クロとマダラの、お父さんとお母さんを探してたの」

すみれの手が無意識だろうか。茜の服をつかんだ。

茜は顔を上げた。小さな子猫が二匹、ソファの上でじっとしている。

瑠璃《るり》色と淡い緑色の瞳がずっと窓の外を見つめていて、時折さびしげににゃあと鳴いた。

この二匹の猫が、親元から引き離されたのか、親に捨てられたのかわからない。

けれど二匹が恋しがっていると、すみれはそう思ったのだ。

「見つけてあげなくちゃって……思ったんだ」

近所の猫を飼っている家を訪ねたり、公園や雑木林や、月白邸の庭を毎日探し回った。そんなことをしたって、見つからないのだとどこかでわかっていたはずなのに。

茜はだまってすみれの頭を撫でた。

すみれが探していたのは――きっとこの二匹の親猫だけではないのだと、そう気がついてしまったから。

月白邸の前に置き去りにされてしまった子猫を見た時、すみれが何を思ったのか、どうして想像できなかったのだろう。泥にまみれて置き去りにされた二匹が、小さく鳴いているのを見て、どう感じたかなんて簡単にわかったはずなのに。

「……クロとマダラは、わたしとすみれみたいだね」

そう茜がつぶやくと、すみれが、ひゅっと息を呑んだ。その目尻からぶわりと涙があふれる。

すみれはまだたった七歳の子どもだ。めまぐるしく成長し、軽やかに毎日を歩んでいるように見えたって、そう簡単に前を向いて進めるわけがなかったのだ。

「……すみれのお父さんとお母さん……どこ行っちゃったの」

すみれの小さな体をぎゅっと抱きしめる。すみれの高い体温がほこほことあたたかくて、茜はたまらない気持ちになった。

窓の外を見ながら、小さく鳴くクロとマダラのように。すみれだって父と母を思って、心の中でずっと泣いていたのかもしれない。

青藍がソファから手を伸ばして、すみれの頭をぐりぐりと撫でた。

「そういうのは、独りで抱《かか》え込まんと、言うたらええんや」

茜の腕の中から顔を上げたすみれが、すんと鼻をすすった。

どれだけ前を向いて一生懸命生きていたって、失ったものの記憶はふとよみがえってきては心を締め付ける。茜やすみれも、陽時も——青藍も。

失ったものを時折思い出して、哀《かな》しさと切なさに向き合いながら、また進んでいくしかないのだ。

陽時が笑った気配がした。

「ゆっくりでいいんだよ。みんなさ」

——とろけるような夕日の中で、茜はずっとすみれを抱きしめていた。

ソファに座る青藍と陽時は、ただじっとこちらを見つめるだけだ。けれどここにたった二人きりではないことが、茜をひどく安心させた。

すみれが落ち着いた頃、茜は鞄の中から葉書を一枚取り出した。

「すみれ、いいもの見せてあげる」

志保《しほ》からもらったものだ。茜の手元をのぞき込んだすみれが、その泣きはらした目をまん丸に見開いた。

「……お父さんとお母さんだ」

それはいつかの年賀状だった。父と母は東京へと去ってからも、欠かさず一乗寺に送っていたらしい。

小学生の茜とまだずっと幼いすみれ。そして父と母が写っている。右に父、左に母。ちょっとよそ行きの服を着た茜とすみれが間に収まっていた。

茜にはうっすらとした記憶があった。

高円寺《こうえんじ》のマンションで、父がカメラのタイマー機能を使って撮ってくれたのだ。お行儀良く、と言われてすみれの手を握って一生懸命だった。

「すみれが途中で泣き出して、大変だったんだよ」

たぶんすみれが物心つく以前だ。この写真を見るまで、茜もそんな思い出は忘れていた。

あれは母が亡くなる前の、最後の年賀状だった。

写真の中で父も母も笑っていた。

もう戻らない幸せがある。それがさびしくてたまらない。ほろりとすみれがこぼした。

「……かなしい」

「うん」

茜はすみれの小さな体を、またぎゅっと抱きしめた。悲しくてもさびしくてもいいと、茜は教わった。

「わたしも」

無理やり前を向かなくても、今はこの哀しさをただ受け止めるだけでいいのだと。

6

――三月も中頃になると、京都のあちこちで桜が開花し始めた。駅や主《おも》な観光名所には京都中の桜の開花情報が張り出されている。まだどこも三分《さんぶ》咲きほどだが、このあたたかさだとすぐに満開になるだろう。

茜《あかね》は青藍《せいらん》と共に、再び一乗寺《いちじようじ》の『I‐RO』を訪れた。すみれも来たがったのだが、今日は別の用事があるからと、陽時《はるとき》と月白邸《つきしろてい》で留守番だ。

アンティーク調の洋館の隣にも、三分咲きほどの桜の木がある。車を降りた青藍が、その桜の枝を見上げた。

「ええ色やな」

薄桃色の花びらが青い空を透かしている。桜の色は毎年違うのだと、教えてくれたのは青藍だ。今年の色は何色だろうかと考えながら、茜は春の柔らかな風が頬を撫でるのを感じて、心地良さそうに目を細めた。

車が着くのを待ち構えていたように、洋館の中から涼《りょう》が飛び出してきた。

「青藍さん、遅かったやないですか」

待ちきれないというように、涼の顔が輝いている。金色の尻尾がぶんぶんと振られているように見えて、主人を迎える忠犬のようだと茜はこっそり思った。

涼は車のトランクから、ひと抱《かか》えもあるような大きな包みを引っ張り出した。細長く茜の背丈《せたけ》の半分ほどもあるそれは、薄布と風呂敷で幾重《いくえ》にも梱包《こんぽう》されている。

完成した青藍の絵だった。

その日『I‐RO』は定休日のようだった。中に入ると窓がすべて閉められていて、ブラウンの厚いカーテンが引かれている。天井からぶら下がる明かりが、ステンドグラスのランプシェードを透かした青や緑の光となって、ぼんやりと臙脂《えんじ》色のソファセットを照らしていた。

彩葉《いろは》は白の香立てに、短い線香を立てて火をつけた。

ゆらりとたゆたうのは、彩葉の調香した『竹取物語絵巻』の香の煙だ。

茜は目を閉じて深く香を吸い込んだ。

――あれから二週間、青藍は仕事場にじっと引きこもり続けた。陽時が絵具や道具の補充に行ったり、見かねたすみれが食事に引っ張り出したり、思い出したように夜風呂に入ったりする以外は、昼も夜もなくあの部屋にいた。

ソファセットのガラステーブルに置かれた絵の布を、青藍がはらりとほどき始めた。誰ともなく息を呑む音が聞こえる。

「――竹取物語の最後を知ってるか？」

青藍が布を払いながらつぶやくように言った。涼がうなずく。

「月から迎えが来るんですよね」

「ああ。かぐや姫は本当は月の住人やった」

五人の求婚者は、誰もかぐや姫の欲しがったものを持ってくることができなかった。かぐや姫は、自分は本当は月の都の人間で、近々迎えが来ると告白する。翁《おきな》たちは嘆《なげ》き悲しみ、時の帝《みかど》も絡《から》んで、月の使者からかぐや姫を守ろうとするが、その努力もむなしく、使者が天《あま》の羽衣《はごろも》を持って月から下りてくるのだ。

「その羽衣を着ると、心がなくなってしまう」

青藍がぽつりと言った。

月の使者はかぐや姫に天の羽衣を着せようとした。その羽衣は着ると心がなくなってしまう——大切な人への思いをなくしてしまい、何かを思い悩んだりすることもなくなってしまうのだ。

「結局かぐや姫は、羽衣を着せられて心を失って月へ帰った。でももし、そこから逃げ出してたら——」

そう言いながら青藍は、次々と布を払っていく。

「かぐや姫は、己《おのれ》の心を失わへんで済んだんやろうか」

青藍の指が最後の布をはらりと取り払った。

——その絵は黄金の輝きに彩られていた。

古い絵巻物に多用される霞《かすみ》が、金粉を散らしながら左右から空を覆《おお》い隠している。その雲が晴れた先、宵闇《よいやみ》には金襴《きんらん》の満月が昇っていた。

周囲を淡く墨でぼかされた満月は、金で陰影をつけるように豪奢《ごうしゃ》な模様が描かれていた。そこから月の使者が天の羽衣を持って下りてきている。細やかな模様が幾重にも織り込まれた、美しい羽衣だった。

家の縁側には嘆き悲しむ翁と媼《おうな》、呆然と空を見上げる帝の兵士たち。

金と墨だけで描かれた豪奢な、それでいてどこか虚《うつ》ろな世界だ。

絵巻物は右から順に場面が変わる。時間の経過や場面転換を表す薄い霞が晴れた先――。

空の月は淡い月白《つきしろ》の光を帯びていた。それに向かって、若竹が風に吹かれてしなやかに揺れている。

その先に鮮やかな色彩の海が広がっていた。

十二単《ひとえ》だ。桜、紅梅、萌黄《もえぎ》、藤紫《ふじむらさき》……

裾《すそ》が広がる鮮やかな極彩色の波の向こうに、黒い髪を束ねた美しい少女が、その細い手を誰かに向かって伸ばしていた。

心をなくす衣から懸命に逃げ出して――大切なものをつかもうとしているように、茜には見えた。

ああ、これは父だ。

東院《とういん》にいて長い間、心のないものとして過ごした。地上に降りて――母と出逢って、父はようやく心を得た。

誰かを愛《いと》おしく思うこと。絵を描くことを楽しいと思うこと。白黒だった父の世界に鮮やかに色がついた。

大学の卒業間近、父はまた天の羽衣を着せられそうになった。伝統深く美しく精緻《せいち》に織り込まれた――父にとっては重苦しい枷《かせ》だ。

「――青藍さん、これ……」

その先を茜は口に出すことができなかった。震える指先で青藍の着物の袖《そで》をつかむ。

伸ばした手の先に、父はきっと本当に欲しかったものを見た。それはたぶん――大切な人と歩む鮮やかで自由な世界だ。

「やっぱり、青藍さんにしか描かれへんかった……あの香の世界や」

涼が興奮したように絵の感想を述べている。彩葉が感嘆《かんたん》のため息をついた。

「……本当に、すばらしい腕なのね」

茜は唇を結んだまま、ただじっとこの絵を見つめていた。胸が詰まって言葉が出てこない。青藍が怪訝《けげん》そうにのぞき込んでくる。

「茜」

その瞳には己の作品に対する謙遜《けんそん》や不安は微塵《みじん》もない。己の絵の美しさを確信しているとすぐにわかった。

「……この絵、わたしすごく好きです」

やっとのことでそれだけを言って、茜は極彩色のかぐや姫の姿を見つめ続けていた。

絵を涼に預けて、青藍がさっさと車に乗り込んだ後。茜は見送ってくれた彩葉のもとに駆け寄った。

「彩葉さんのおかげで……父と母に会うことができました」

母が世話になっていた喫茶店を訪れたと言うと、その猫のような瞳がきゅうと細くなる。

父と母のことを少しだけ話すと、彩葉はふいと洋館の中を振り返った。

そこでは未《いま》だに涼が、青藍の『竹取物語』に釘付けになっているはずだった。

「……あれは樹《いつき》くんなのね」

茜がうなずくと、彩葉がそう、と笑った。

「じゃああの手の先には……きっと比奈子《ひなこ》さんがいるんだわ」

それは二十年も前のほろ苦く、そして十分に愛おしかった青春を、どこか懐《なつ》かしんでいるようにも思えた。

強い春の風が、彩葉の整えられた髪を乱す。

「茜ちゃん、わたしにも今度、樹くんが東京で描いていた絵を見せてほしいの。大事な人の手をつかんだかぐや姫が、どんな世界を見ていたのか、とても興味があるわ」

素朴で明るくて、色鮮やかな父の絵を見たら、彩葉はなんと言うだろうか。驚くかもしれない。けれどきっと笑って、いい絵だと言ってくれるだろう。

この人も、心のなかった父を心配し、そうして父の死を悼《いた》んでくれた人だから。

「はい」

茜は笑って、大きくうなずいた。

春の夕日が沈んだ頃。薄闇の帳《とばり》が下りた渡り廊下を抜けて、茜は青藍の仕事場を訪ねた。

「青藍さん、涼さん戻ってきてますよ。晩ご飯もできちゃいます」

一乗寺から会社を経由してきたらしい涼は、夕方になって月白邸に合流した。夕食の準備も整ったからと、茜が青藍を呼びに来たのだ。

返事がないことを妙に思って、茜は障子《しょうじ》を引き開けた。

薄闇の中にぼんやりと青藍がたたずんでいる。手にはぼろぼろになった毛布を抱えていて、部屋の中にはかすかに墨の匂《にお》いがした。

「……ああ、茜か」

青藍の声はどことなくさびしそうに聞こえた。その毛布の主《ぬし》はもういないからだ。

「いなくなっちゃいましたね、クロとマダラ」

陽時の友人で、二匹そろってもらってくれるという人がいたのだ。二匹を引き離さないという条件で、陽時も青藍も首を縦に振った。最後まで渋っていたすみれは今日、その人と直接会うために月白邸に残った。

「大事にしてくれそうだったって、すみれも言ってました」

たった半月間だったけれど、クロとマダラも大切な家族だ。時々写真を送ってくれると約束してもらったと、すみれは言っていた。

「やかましいのがおらへんくなって、せいせいした」

青藍がふん、と鼻を鳴らす。

茜はくすりと笑った。素直じゃない人だと思う。二匹が一番懐いていたのは青藍だ。結局仕事部屋に入り込まれても、ため息ひとつで済ましてしまえるくらいには、気に入っていたはずなのに。

「……なんや」

むすっと口をとがらせた青藍に、茜がにやりと笑った。

「別に、さびしいって言ってもいいんじゃないですか」

「……そんなんやあらへん」

茜がちらりと青藍の私室を見やった。半分障子の開いているそこには、大きな障子絵がある。

障子二面分ほどの大きな絵だ。

花のない墨絵の木が、空に向かってそのごつごつとした枝を伸ばしていた。月白邸の庭にある桜を描いたものだ。秋に花をつける珍しい種類だった。

それは月白《つきしろ》が青藍に遺《のこ》した、美しい課題だ。

伸ばされた枝には、雀《すずめ》が二羽ふくふくと羽を膨《ふく》らませて、身を寄せ合っている。これは茜とすみれだ。根元には背筋を伸ばした金色の猫――陽時と、体を丸めた茶色の犬、涼がいる。

別の枝の先には一羽の鷲《わし》が空を睨《にら》み付けていた。遊雪《ゆうせつ》だった。

そして桜の木の根元にはころころと転がるように、二匹の毛玉が付け足されている。それはよく見るとじゃれ合っているクロとマダラだ。

この花のない桜は青藍だ。この木は六年間――たった一本きりだった。

ここにたくさんの仲間を描き加えて、いっぱい賑《にぎ》やかになって、いつか――花が咲くのを茜はずっと待っている。

「――甘えて支えるのが家族なんですよ」

茜が見上げると、青藍が少しためらって、やがて困ったようにゆるく首を振った。

「……静かになったなと、思う」

「はい」

「どこももらい手が見つからへんかったら……うちで飼うのも仕方あらへんて、思てた」

ぼろぼろの毛布を握りしめて、青藍がやっとそうつぶやいた。

「はい。わたしも……さびしいです」

こうして出会いと別れを繰り返しながら、みな進んでいくのだ。

青藍が何かをこらえるように深く息を吐くのを茜はただじっとそばで聞いていた。

「──青藍さん、リビングでみんなが待ってます」

茜は気を取り直すように青藍にそう言った。

クロとマダラと別れたすみれは、完全に気落ちしていた。いつもの勢いでつっかかってこないすみれに、一番おろおろしているのは涼だ。やれ『まじかるプリンセス』ごっこだ、やれバームクーヘンだとあれやこれや気を引こうとしてくれている。

「あいつ、なんやかんや面倒見ええとこあるからな」

青藍が盛大にため息をついた。

ほら、と茜が青藍の手を引く。開いた障子の向こう、東山《ひがしやま》から顔を出すように満月が昇っていた。ほの青いその光の色を、月白《げっぱく》と呼ぶ。

息を呑むほど美しい、春の月だった。

「なあ茜」

振り返った先で、優しい獣が笑う。

のだ。


「ぼくたちは家族か」

茜は小さくうなずいた。

「そうなっていきたいって、思います」

喉《のど》の奥で笑う青藍と二人で、夜空に浮かぶ美しい月を、しばらく見つめ続けたのだ。


——リビングは賑《にぎ》やかな喧騒に包まれていた。

「——ほら、すみれ手伝って」

茜は大きな寿司桶《すしおけ》をテーブルの上に置いた。胡麻《ごま》を混ぜた酢飯が盛られている。大皿にさやえんどうと海老《えび》、昆布《こんぶ》、椎茸《しいたけ》、鮪《まぐろ》とサーモン、菜の花に山菜の佃煮《つくだに》、たっぷりの錦糸《きんし》卵《たまご》を乗せておいた。

「すみれはみんなと飾り付けだよ」

その間に茜は、手まり麩《ふ》の浮いた吸い物を用意しなければならない。いつもの食卓に涼が加わることもあって、少し趣向の違うものにしたのだ。

さっきまでソファで落ち込んでいたすみれは、色とりどりのちらし寿司の材料を前に、少し復活したようだった。

「……青藍も一緒?」

それを聞いた涼が、ぎゅっと眉を寄せた。

「おい、妹。青藍さんに手伝いなんかさせるんとちがうわ」

「じゃあ、涼くんは、茜ちゃんのちらし寿司いらないいんだ」

じろり、とすみれが涼を見やる。涼がぐっと詰まった。

「くん、てお前……せめて涼さんやろ」

すみれはべっと舌を出して、ぱたぱたと青藍の後ろに引っ込んだ。

「涼、お前手伝わないんなら、食う資格ないからね。お前だけ余ったさやえんどう齧《かじ》ることになるからね」

陽時がそう言って、いそいそと箸《はし》でさやえんどうをつまみあげた。青藍も嘆息《たんそく》しながら、海老とサーモンと菜の花を、大きさに合わせて几帳面《きちょうめん》により分けている。

あれは色彩を考えながら、ちょっとわくわくしている顔だ。こういう盛り付けなどの手伝いを、青藍は存外楽しんでいるところがあるのだ。

「お、おれも食います」

涼があわてて箸を手に取った。

飾り付けに手を出したら出したで、青藍から指示が飛んでくる。

「涼、そこはしいたけと違う。……陽時も、緑はもうちょっと右やろ」

「うるさいな、青藍。お前の絵じゃないんだから。美味《うま》そうだったら、なんだっていいんだよ」

陽時が肩をすくめて、隣のすみれの肩に手を置いた。

「ほら、すみれちゃんなんか見てみなよ。色とりどりでかわいいよね」

すみれがぱっと顔を上げた。ふかふかの錦糸卵の上に、緑に赤に黄色にと、自由気ままに色を振りまいている。芸術性も何もあったものではないと、青藍が眉を寄せると、すみれがふふ、と笑った。

「春のお花畑ってイメージなの。すみれも、青藍みたいに上手?」

青藍がしばらく沈黙して、やがてもそりとつぶやくように言った。

「……ええ腕や」

「うそや！　青藍さん妹に甘いわ！」

涼から非難の声が上がる中、すみれの顔が誇らしげに輝いていた。

リビングでわいわいと楽しんでいる声を聞きながら、茜はキッチンで目を細めた。

こうして料理をしている間、賑やかな声が聞こえてくるのが、なんだかうれしくてたまらない。

出汁《だし》昆布を敷いておいた鍋に醤油とみりんで味付けしていると、キッチンに誰かがのぞりと入ってくる気配がした。

「──茜」

呼びかけられて、茜は顔を上げた。青藍だ。よそを向いたままぼそりと言った。

「お前も来《き》い」

それから少しためらったように付け加える。

「……こういうのは、一緒にやるんがええんやろ」

茜はわずかに目を見開いた。それだけ言ってのそりと戻っていく青藍の背を、コンロの火を止めて追いかける。

「──はい」

賑やかなリビングの、カーテンの隙間《すきま》から、美しい月白の光が差し込んでいる──。

主要な参考文献

『図解　日本画用語辞典』東京藝術大学大学院文化財保存学日本画研究室編（東京美術）二〇〇七年
『定本　和の色事典』内田広由紀（視覚デザイン研究所）二〇〇八年
『暮らしの中にある日本の伝統色』和の色を愛でる会（ビジュアルだいわ文庫）二〇一四年
『京の花街　ひと・わざ・まち』太田 達・平竹耕三編著（日本評論社）二〇〇九年
『本物の絵巻を現代語でよむ　竹取物語絵巻』樺島忠夫・杉本まゆ子（勉誠出版）二〇〇三年
『新版　古今和歌集　現代語訳付き』高田祐彦訳注（角川ソフィア文庫）二〇〇九年
『現代語訳　竹取物語』川端康成訳（河出書房新社）二〇一三年
『新釈漢文大系第一〇五巻　白氏文集（九）』岡村 繁（明治書院）二〇〇五年
『増補新装　カラー版　日本やきもの史』矢部良明監修（株式会社美術出版社）一九九八年

※この作品はフィクションです。実在の人物・団体・事件などにはいっさい関係ありません。

集英社オレンジ文庫をお買い上げいただき、ありがとうございます。
ご意見・ご感想をお待ちしております。

● あて先
〒101-8050　東京都千代田区一ツ橋2-5-10
集英社オレンジ文庫編集部 気付
相川　真先生

京都岡崎、月白さんとこ

迷子の子猫と雪月花

集英社
オレンジ文庫

2021年6月23日　第1刷発行

著　者　相川　真
発行者　北畠輝幸
発行所　株式会社集英社
〒101-8050東京都千代田区一ツ橋2-5-10
電話【編集部】03-3230-6352
【読者係】03-3230-6080
【販売部】03-3230-6393（書店専用）
印刷所　図書印刷株式会社

ISBN 978-4-08-680390-8 C0193